长乐村新貌

珍珠湖

The Stories
Of Pearl Farmers And Merchants
Of The First Generation From Zhuji

者暨第一代珠农、珠商的珍珠故事

珍珠有泪

何延东　著

浙江工商大学出版社
ZHEJIANG GONGSHANG UNIVERSITY PRESS
·杭州·

图书在版编目(CIP)数据

珍珠有泪 / 何延东著 . — 杭州 : 浙江工商大学出版社，2022.8（2023.6 重印）

ISBN 978-7-5178-5076-2

Ⅰ.①珍… Ⅱ.①何… Ⅲ.①纪实文学—作品集—中国—当代 Ⅳ.① I25

中国版本图书馆 CIP 数据核字 (2022) 第 147675 号

珍珠有泪

ZHENZHU YOU LEI

何延东　著

责任编辑	杨　戈	
封面设计	朱嘉怡	
责任校对	韩新严	
责任印制	包建辉	
出版发行	浙江工商大学出版社	
	（杭州市教工路 198 号　邮政编码 310012）	
	（E-mail : zjgsupress@163.com ）	
	（网址 : http://www.zjgsupress.com ）	
	电话 : 0571-88904980，88831806（传真）	
排　　版	杭州朝曦图文设计有限公司	
印　　刷	杭州高腾印务有限公司	
开　　本	787mm×1092mm　1/32	
印　　张	7.25	
字　　数	157 千	
版 印 次	2022 年 8 月第 1 版　2023 年 6 月第 3 次印刷	
书　　号	ISBN 978-7-5178-5076-2	
定　　价	49.88 元	

序 言

含泪的珍珠

陈 强

延东的《珍珠有泪》要出版了,他考虑再三,认为还是由我作序比较合适。不知道延东是怎么想的,凭他的关系和人脉,找个名人大家,给自己的书锦上添花是毫不费力的,可他偏偏将这个光荣的任务交给我。我当然要推脱,这不是我谦虚,实在是因为我不够资格。延东是绍兴市作协会员,我连诸暨作协会员都不是。但延东说,我比较了解他的情况。这样说可能因为:一是前几年我奉命为他们村写过一本《新长乐村》,读过他们的宗谱,对"珍珠第一村"有点了解,而且我的族曾祖陈伟还是长乐村的女婿;二是延东在湄池中学读书时,我曾忝为其师,我们成为"湄中校友"竟也有三十个年头了。就这样,我厚颜将作序之事应承了下来。我想,读者若认为这本书写得好,那是因为延东有才;认为这本书写得不好,那自然是我这个语文老师的失职。

然后,我就一字不落地读完了他的《珍珠有泪》,用了一个"五一"假期的时间。

《珍珠有泪》虽然只有十三篇文章,但这本书在延东心中的

分量是很重的。我虚长延东六岁，我们是同时代人。或许，我的理解更接近延东出版此书的初衷。在我看来：

这是延东写给他父亲的一本书。用文字纪念父亲，是延东的一个人生理想。延东的父亲叫何柏荣，这个出身贫苦、老实忠厚的农民，集众多技能于一身，凭着穷则思变的毅力，凭着勤劳聪明的才智，在山下湖开"养蚌育珠"的先河，做了一篇"无中生有"的大文章，成为山下湖珍珠产业"开天辟地"的大功臣。若不是何柏荣、何木根当年偷偷摸摸搞养殖，助人为乐传授技术，也就没有后来的珍珠市场，没有今天的珍珠小镇。阅读《父亲》《开壳器》这两篇文章，延东父亲的形象跃然纸上，山下湖第一代珠农创业的艰辛历历在目。

这是延东写给他母亲的一本书。延东的母亲叫月娜，山下湖人尊称她为"月娜师傅"，她与丈夫真正做到了"夫唱妇随"。延东母亲是山下湖最早掌握珍珠插种技术的两个女"祖师爷"之一，她插种珍珠的足迹几乎遍布山下湖周边所有乡村，她带出的女徒弟支撑着珍珠行业的半边天。她更是女强人，走遍千山万水，说尽千言万语，吃尽千辛万苦，想尽千方百计，成为特殊时代山下湖珍珠销售的拓荒者。《东北卖珠记》《一次辛酸的珍珠贩销经历》《海丰劫难》这三篇文章，书写了延东母亲走南闯北、屡遭挫折、饱尝艰辛的商海传奇。

这是延东写给自己的一本书。延东虽以"珠二代"自称，但他见证了山下湖珍珠产业从无到有、从小到大的演进历史。他以稚嫩的肩膀，过早地经历了家庭的变故，他比同龄人品尝到了更多的创业艰辛。《那年我去广州卖珍珠》《南京1995》这两篇文章，记录了延东初涉商海的磨难。延东"碎碎念"地写父亲，写外公，写四季房，写山下湖老桥，不仅勾勒了他的家族史，实际也勾勒了他的成长史，他给自己的前半生做了一个很好的总结。当然，对故乡往事的叙写，本身也是叙写山下湖珍珠的一部分，因为延东的故乡后来成了"珍珠第一村"。

《珍珠有泪》是延东的第一部散文集。你可以将它当作散文读，也可以将它当作小说读，而我更愿意将它当作山下湖的珍珠简史。写山下湖珍珠产业的书不止一本，但《珍珠有泪》一定是山下湖本土作家写山下湖珍珠的第一本书。珍珠人写珍珠事，一件件往事，一个个细节，细心地编织出一段鲜为人知的珍珠史，这也是一个创举。或许延东的文字还略显稚嫩，但正是这份稚嫩，保证了书写的真实性。因视角不同、技巧不同，效果自然也不同。我相信，延东这本书的受欢迎程度，一定会超过那些自诩为宏大叙事的作品。细节最易打动人，文字感人不靠煽情。有时候，无技巧的平淡叙述、不做作的内心表白，反而更接近事实真相，更能触及读者的灵魂，因为它保持了情感表达的原汁和原味。

"开壳器"是一个隐喻。开壳器俗名"起壳钳"，是养蚌育珠的常用工具，用于给河蚌开口。延东父亲生前一直将它携带在身边。正是这把小小的开壳器，成为山下湖老百姓打开致富之门的钥匙，成为撬动山下湖珍珠产业之门的一个法宝。延东的这本书，从某种意义上说，是打开山下湖"珍珠传奇"的另一把钥匙。

文字是从身上掉下来的肉。延东的这十三篇文章，犹如他手里的一捧色彩斑斓的珍珠。延东的这本书，也是一颗含泪的珍珠。这颗珍珠晶莹剔透，这颗珍珠光彩夺目。这颗沾满泪水

的珍珠，折射出山下湖珍珠人创业、创造、创新的一道道光芒。

读完第一篇《父亲》，我的眼睛就湿润了，我想这可能就是"珍珠有泪"吧。读到最后一篇《珍珠有泪》，见到延东"双眸盈满了喜悦的泪花"，我想这确实也是"珍珠有泪"。珍珠有泪，是一个柔情男子对离世二十七年的父亲的思念之泪、痛苦之泪，是山下湖第一代珠农摸爬滚打的辛酸之泪、喜悦之泪，是第二代第三代珠农不忘初心的感恩之泪、庆幸之泪……

延东的主业是办珍珠企业，写文章是他的业余爱好。这样的爱好实在难得，一个办企业的老总能有这种爱好，令我肃然起敬。延东走上文学这条路的时间还很短，所以我们暂时不要用作家的高标准去苛求。延东的文章瑕瑜互见，表达的技巧有待提高。但延东是一个沉静的人，是一个有故事的人，凭着他经商办企业的人生经历，凭着他忙里偷闲写文章的执着和毅力，相信在不久的将来，他一定会有更精彩的作品奉献给读者。

2022年5月

（陈强，笔名弘虫，独立写作者。著有《老家》《诸暨孝事》《寻找施耐庵》《清气满乾坤》《王冕散论》《杨维桢与水浒》《陈洪绶之谜》等作品十余部。）

目 录

父　亲

一

清明、中元和冬至，我都要到山上去看我的父亲。

在父亲坟前，我点燃三炷清香，思绪随三缕青烟袅袅升起。此刻，对父亲的思念如潮水般涌上我的心头。

父亲坟前供着一捆捆折叠整齐的纸钱。我点燃了这些纸钱，"呲"的一声，一蓬红色的火焰开始跳跃，那些黑色、灰色、白色的烟灰，像一只只蝴蝶在坟前盘旋，一会儿就消失在天空中。而后，我面朝大山虔诚地拜了三拜，又烧了些"元宝"给山公山婆。

我跪在父亲的坟墓前，嘴里喃喃地祷告着……

此前，父亲曾托梦给我，要我多烧点纸钱给他。他说，他想在天堂租个鱼塘养殖珍珠。

二

早在1972年，那时我还没有出生，父亲就开始养珍珠。但在当时那个年代，养珍珠只能偷偷摸摸。父亲第一次是在自家屋后水沟小塘里养，后来发展到在村里的马塘湖、垛子头、蝴蝶角等水域养，又去邻村广山村和何家山头村养，远的地方甚至到

过宁波和江西鹰潭。

在养珍珠的那些年，每到冬天，我家就像鲁四老爷家祭祖那样忙碌。外公做饭，父亲起蚌，母亲种蚌，而穿线打结、刻字做记号则是我们三兄弟的活。

到了夏天，父亲就带我们三兄弟去蚌塘。碧波荡漾的水面上，挂着一个个浮球，下面吊着珍珠蚌，全都鼓着肚子，像待产的孕妇，孕育着我们家的希望。

老房子墙上挂着父亲的三张奖状："养蚌育珠专业（重点）户""劳动致富光荣""发展生产，勤劳致富，成绩显著"。金黄色的面，黑色的楷体字，鲜艳的大红花，最醒目的是第三张上盖的诸暨县委县政府的两个红章。从1982年11月一直挂到现在。岁月如梭，它们跟我一样，也进入了中年。黄色的木质镜框像是得了骨质疏松症，斑驳裂纹；金黄色的面淡化成米黄色；那朵一直盛开着的大红花，也已黯然褪色。

现在，我把这些奖状修缮一新。在我心里，这是父亲留给我的一笔丰厚遗产。它们跟父亲的墓、父亲的遗像一样重要。

我出生于1975年1月15日，农历腊月初四。那天，白塔湖畔的藕山脚下，三间平房里传出一阵婴儿的啼哭声。接生婆告诉父亲，是个男孩。父亲的心愿落空了，脸上的那份喜悦荡然无存，便顾自走出了家门。木根外婆见我父亲走来，关心着问道："柏荣，月娜生了吗？"父亲皱着眉头回话："生了，又生了一个儿子。"

家中已有两个男孩，父母亲一心想要个女儿。倘若有个女儿，她会像母亲那样有一双水汪汪的大眼睛和如珍珠般白皙闪亮的肌肤，父母亲会把她当成家中的"小九妹"。她会包揽家务，端

奖　状

茶做饭，洗衣拖地……她会时刻关心着父母亲的身体，嘘寒问暖。

父亲发病前，总是说腰不好，我们三兄弟没当一回事。倘若有个女儿，她一定会拉着父亲去看病，那样的话，父亲的病可以早些得到治疗，也不至于病入膏肓而无药可救。

父母亲生育了三个男孩，在他们身上父亲的基因凸显。在我身上，父亲的基因更明显些。他们都说，我长得最像父亲，简直与父亲是一个模子里刻出来的。瘦瘦的体型，高高的鼻梁，走起路来，两只手像荡秋千那样前后摆动。记得有一年暑假，我跟着灿生娘舅去广州竹园旅店。正当我弯腰洗漱时，铁元走进房间，朝我喊了一声"柏荣"。我回转身，铁元一看竟是柏荣的小儿子，笑了笑，就走开了。

正是得益于父亲的遗传，我的身子，我的思想，我的行动，让我坚持去完成一道题。我常常扪心自问：这道题，我完成了吗？

父亲发病时间是1994年10月，其实应该更早，确切的时间是从他接到母亲的电话开始。母亲哭哭啼啼说着，欠我们家珍珠款的黄老板跑路了。这个电话如刺骨寒风，从遥远的西伯利亚呼啸而来，一夜之间大地变成白茫茫的一片。从那一刻开始，原本寡言少语的父亲变得更加沉闷。他担心母亲的安危，担心拿不到六十五万元珠款，担心珠农们来家里闹事……而此时的母亲第二次滞留在广东。

稻穗开花，父亲最后一次给自家的六亩八分口粮田上了水。口粮田在大塘头，划船过去十多分钟。父亲弓着身子，桨成了他的挂拐，蹒跚着上了船。父亲跟我们说不碍事，只是闪了腰，休息几天就会好。

作者全家合影

　　在农村，农民从事体力活，担水，挑箩筐，背袋头，腰酸背痛
比较常见。轻点，躺几天硬板床就能恢复。严重点，就去同昌叔
公那里拉腰。同昌叔公是位杀猪师傅，手劲大，拉腰是他的拿手

活。闪腰者平躺在地上。"躺好,躺好。"同昌叔公话音一落,就开始拉腰。滴答一秒钟,"可以站起来了",同昌叔公拉开大嗓门喊道。闪腰者犹豫着站了起来,走两步,再走两步,腰就恢复如初。

我想父亲跟他们一样,躺几天就会恢复。实在不行,就去找拉腰师傅整一整。

然而,六十五万元珠款打水漂,这压力比1987年发生的那次辛酸的珍珠贩销损失大好几倍。父亲如坐针毡,他完全没有了病痛的知觉。

那天晚饭后,父亲把我叫住。父亲的眼里充满了痛苦,他沉着脸对我说:"今晚,你留下来,睡这边。"

这太出乎我意料了,我从断奶后就一直跟外公睡,如今,我已是一个成年人了,还要父子睡一起?突然,我心里一个激灵,莫非父亲的身体……

父亲万万没想到,病痛像一支毒箭射中他的心窝,无时无刻不在折磨他,让他坐立不安,夜不能寐;病魔龇牙咧嘴地向他走来,要置他于死地。他害怕着,他害怕的不是病痛和病魔,他害怕这个家没有他怎么办,他害怕失去我们……

晚上,父亲整夜没有关灯。等我醒来,父亲还睁着眼睛,他彻夜未眠。此时,父亲已经起不来了,他让我扶他起床。我用手一摸,上半身和下半身截然不同,下半身冰冷冰冷,没有一丝丝知觉。我急忙叫来两个哥哥,联系救护车,心急如焚地把父亲送到诸暨人民医院。

化验报告出来后,我们傻眼了。因为我们听到了那个最不情愿听到的字眼——癌。

父亲迅速转院去了杭州半山的浙江省肿瘤医院。母亲也顾不得生意，急匆匆从广东海丰赶回来，日夜陪护在父亲身边。医生竭尽了全力，但最终也无法战胜父亲身上的病魔，我们最后只得让父亲回家来休养。

我们掩藏泪水，瞒着父亲说，待春暖花开时，你的病就会康复了。父亲相信了我们的话，高高兴兴回了家。

那些日子，村里的赤脚医生何星龙，每天准时来给父亲来打吊瓶。那些消炎的、有营养的盐水，通过细细的静脉，缓缓地流向父亲身体的每一个角落。父亲也满心期待，他在等待验证我们跟他说过的"春暖花开"。

知道父亲时日不多，我们一家二十四小时不间断地围在父亲病榻边。

忽然有一天，父亲变得神清气爽，他的脸上像化了妆，变得红润起来。他不停地找人聊天说事："二儿子有了女朋友，年底挑个黄道吉日安排结婚……""等天气暖和点，要去蚌塘施肥……""村里的几个宅基地指标也要催镇政府赶紧落实……"我们心底已经明白，那是父亲离世前的回光返照。从那一刻起，我们更加寸步不离地紧紧守护着父亲。

正屋中间挂着一只摆钟，它居高临下、盛气凌人地俯视着我们，发出"嘀嗒、嘀嗒"的声音。整个屋子，只听见父亲急促的喘气声和嘀嗒的钟摆声，所有人的目光都落在父亲那张憔悴的脸上。不知不觉间，时针靠近了"2"这个位置，当分针和秒针在"12"处重叠的那一刻，摆钟发出"噹！噹！"两记巨响。这个声音，竟成了父亲离开这个世界的宣告。

父亲犹如墙上的那只摆钟，忙忙碌碌、一刻不停地转了

四十九年。终于，在极度疲倦中，他无限眷恋地闭上了双眼。摆钟依然按部就班地摆动着，但此刻的父亲，再也听不到这段时间一直陪伴他的钟声了。

母亲发疯似的号啕大哭。我捂着嘴巴抽泣。呼天抢地的哭声响起来，但终究不能唤醒"熟睡"的父亲。父亲再也不肯理睬我们，但他的灵魂一定是听得见的，他那紧闭着的双眼，竟缓缓地流下了两行眼泪。

两行眼泪顺着脸颊流到了下颌。很快，泪珠又消失而去，似划过天空的流星，父亲的脸上，清晰地留下了两道泪痕。

父亲生前从未流过眼泪。看着父亲临终的那两道眼泪，我知道那是父亲心里无穷无尽的遗憾，他的人生有太多未尽的事宜。他一定是舍不得这个家，舍不得白发苍苍的老母亲，舍不得相濡以沫的妻子，舍不得一生爱护的三个儿子，也舍不得蚌塘里那一大批蠕动着的河蚌……

二

病魔夺走了我的父亲。发病不到半年，父亲就撒手人寰，我们无法接受这个现实。到底是什么不治之症，让我们与父亲阴阳两隔？

我的爷爷奶奶都活了八十出头，寿终正寝。从遗传的角度来分析，父亲的病似乎跟基因没有什么关系。他一向脾气温和，心地阳光，而且乐于助人。他担任过村里的抽水员、碾米工、村电工，他的村务工作赢得了全村第一的口碑。特别是父亲养蚌育珠发家致富后，更是带领村民走上了共同富裕的道路。父亲生活中也没有不良嗜好，没有抽烟的习惯，只是偶尔喝点小酒，平常作息更是早睡早起。我们百思不得其解，父亲竟然会染上肺癌。不是说天道好轮回吗？不是说好人有好报吗？

会不会是他在加工厂碾米时，吸入了太多粉尘的缘故？父亲从事碾米工作是十多年前的事，难道是那时候留下的后遗症？

听姑父王奎生讲，父亲感觉身体不适的那阵子，曾去了亚文姑妈的私人诊所。姑父让父亲沿直线走几步，父亲走着走着就偏离了方向。姑父是诸暨人民医院的退休医生，跟父亲说这是脊椎方面的病症。姑父姑妈催着父亲去看病，但父亲由于家事繁忙一拖再拖，最终父亲的病由肺癌晚期发展至骨髓癌，因压迫神经而导致下半身瘫痪。

父亲推不掉的家事，其实就是母亲在电话里说的那笔六十五万元珠款催讨无门的事。当母亲为此滞留广东海丰时，父亲肯定心急如焚。母亲的安危，加上那笔珠款的事，才是导致父亲不治身亡的真正原因。

父亲去诸暨人民医院前，在医院担任财务科科长的堂外甥王振丰早早安排好了床位，并请来了最好的专家。专家会诊后，他们一个个都傻眼了，他们想不通，这个病痛谁也受不了了，为何我父亲却熬了这么久。

诸暨人民医院无能为力，我们立即将父亲转院到省肿瘤医院，我们把全部的希望都寄托在肿瘤医院的医生身上。但是，我们脚步再紧急，我们忏悔的心情再强烈，我们医治的决心再强大，也赶不上死神的脚步。我们迟了，父亲身上的癌细胞彻底占了上风，正在迅速地吞噬父亲的肌体。

那天，理均伯和旺生娘舅急匆匆赶到杭州看望我父亲，找到医院最权威的专家，请求他们不惜一切代价医治病人，不管费用有多少，他们都愿意承担。但父亲已病入膏肓，专家无回天之力。医院爱莫能助，最终摊了牌，我们只好将父亲从省肿瘤医院拉回诸暨人民医院。

金云叔得知父亲患病，从广州飞回杭州，一刻不停，火速赶到诸暨人民医院，眼泪汪汪地看着躺在病床上的我的父亲。临走时，金云叔问我父亲想吃点什么。这时，我父亲说想吃田鸡肉。之后，每天中午，在我父亲的饭菜中，就有了一盘田鸡肉，一直到出院。

父亲在浙江省肿瘤医院期间，我独自守在家里。有位长辈提醒我，说我父亲的病应该去店口"烈妇娘娘"那里问问菩萨。我心想，只要父亲的病能痊愈，上刀山下火海我也在所不辞。那天下午，是力勇陪着我一起去店口老街，找到了"烈妇娘娘"。"烈妇娘娘"是一位戴着老花眼镜、留着花白短发的老奶奶。我虔诚地给"烈妇娘娘"递了一支烟。"烈妇娘娘"把香烟叼在嘴里，我急忙掏出打火机为她点烟。"烈妇娘娘"吸了一口烟，开口道："你父亲的病啊，是因为有位'外客大人'盯上他了，化解的办法是有的。记住，今天晚上9点以后，你朝西北方向烧些'元宝'给这位'大人'。"我从来没有送过什么"外客大人"，但为了父亲，我还有什么不敢做的。当天晚上，我叫来了在这方面比较内行的建生娘舅。我安排好纸钱、老酒和点心。过了9点，建生娘舅走进我父亲的卧室，边走边喊："外客大人，跟我来，到外面去，不要跟着柏荣……"建生娘舅沿着我家屋后的小路一直走到桥外。

后来有人说，问菩萨的时间最好是早上，且越早越好，因为那时菩萨的思路最清晰。而我那天问菩萨竟是在下午，去得真不是时候。我后来一直责怪自己，也许父亲的病最终没有好转，跟我的不懂世事有关。

那年的上半年，父亲养了三十三只白鸭。父亲自有他的打算，把这批鸭子养到年底，正好给我二哥办婚事用，这样可以省下一笔费用。那段时间，每天清晨，父亲赶着鸭子去田里散养。到了傍晚，三十三只鸭子大摇大摆地走回家，后面紧跟着的是父亲。有人说，三十三只白鸭是不祥之兆，因为带了个"白"字。于是这三十三只鸭子也成了罪魁祸首，我把这群鸭子统统送给前来探望父亲的亲朋好友。

又有人说，父亲的病是我家动了祖坟引发的。我记得是1993年修的坟，隔了一年父亲发病。母亲为此在外公的坟前哭了个惊天动地，求天求地求祖先，要留父亲在阳间。

然而，我们所做的这一切，都无法挽救父亲的生命。

四

我保存着民国二十年（1931年）的老家谱——《暨阳长山何氏宗谱》。在那个轰轰烈烈"破四旧"的年代，祖父是村里最贫穷的贫下中农，而且目不识丁，所以斗志昂扬的红卫兵就没有去祖父家"破四旧"。他们万万没想到，大字不识的祖父就这样将家谱藏了下来。而这本家谱，就这样传到了我的手中。

我在这本家谱里查找我的祖先。我的曾祖父叫福生，他有三个儿子：大法、水法和龙法。龙法就是我的祖父。我的父亲是

《暨阳长山何氏宗谱》

"柏"字辈，故取名"柏荣"。一个"荣"字，寄予了祖父母的全部希望。饱经贫寒的祖父母，过怕了穷日子，他们多么希望下一代能改变命运，享受荣华和富贵。祖父母生养了两个孩子，两个孩子在那时候不算多，但父亲后来还是在同村做了入赘女婿，这是祖父母的无奈之举。毕竟做入赘女婿能够过上更宽裕的生活，而且还在同村，就在眼皮底下。

　　我们是坐享其成的一代，没有经历过祖辈过苦日子的辛酸。有一个细节让我永生难忘。那时候，大年初一，祖父家是拜年的第一站。我们三兄弟穿着新衣裳，手里拎着白糖包、冰糖包，高高兴兴来到祖父家拜年。每年见到的画面似乎都是一样的：祖父坐在走廊边的小凳子上，祖母围着灶台忙碌。吃过中饭，我们就眼巴巴坐等压岁钱。此时，父亲便悄悄地将钱塞给祖父，祖父假装回房间，用红纸将父亲给的钱分成三份装进红包里，然后走出房间来，把红包分给我们三兄弟。我们收到新年的第一个红包，欢天喜地。

父亲有个堂姐，是他大伯的小女儿，我尊呼她为亚文姑妈。亚文姑妈比我父亲大十一岁，今年八十八岁。姑妈没有亲兄弟，她和我父亲两人堪比亲姐弟，父亲有事总要找这位堂姐商量，父亲的婚事也是姑妈一手张罗的。

每次我去看望亚文姑妈，老人家一会儿神清，一会儿糊涂。她总是拉着我的手，给我讲我们家族的故事。

祖父和祖母是一对残疾人。祖父年轻时给地主家做长工，得了静脉曲张，也就是农村里说的烂脚病。祖母天生有眼疾，几乎看不清这个世界。两人先后生育了八个孩子，但没有养好，只留下父亲和小叔两个。

姑妈说，我祖父家穷，无房无田，是彻彻底底的无产阶级。祖父和二祖父，两家十来口人，靠挤在地主家的一间稻草屋里过日子。父亲和与他同岁的堂弟柏泉，从小睡一张床，盖一条被子，兄弟俩同床共被，一直睡到结婚成家。在姑妈的撮合下，忠厚勤快的父亲，在同村做了上门女婿，这户人家只有一个独养女，就是我的母亲。父母亲结婚时用的那条"当家被"，竟是姑妈从岳千叔公那里借来的，父亲那时生活的贫寒不是我能想象的。

姑妈清醒的时候总爱回忆往事，她又说到了她的祖母。我一边聆听，一边抬起头来，顺着姑妈家堂前挂着的大祖父、大祖母的遗像，一眼看到了墙上悬挂的慈眉善目的曾祖母。

五

自从我记事以来，父亲一直是村干部。他担任过村里的共青团支部书记、村委会委员和村党支部委员，还兼着村里的水管员、电工。

我曾好奇地问村里的老干部为什么会培养我父亲。永福、如江、吉坤等老干部一致回答："因为你父亲成分好，因为你父亲办事我们放心。"

父亲在"文革"前担任过团支部书记。我至今还珍藏着父亲年轻时曾经佩戴过的那一枚团徽。透过这枚微黄色的团徽，我仿佛看到一群根正苗红的革命青年正意气风发地行走在希望的田野上，领队的人正是我的父亲。他穿着藏青色中山装，胸前佩戴的团徽，在阳光的亲抚下显得特别醒目。齿轮、麦穗、初升的太阳衬托下的"中国共青团"五个字闪闪发光。这群年轻人正集体去参加社会主义教育活动。

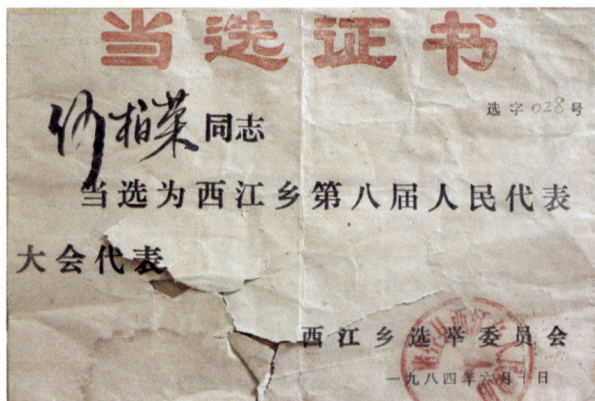

作者父亲当选证书

　　后来，父亲担任了村委会委员。憨厚的父亲虽没有冯谖那样的口才，但在大是大非面前他从不缄口。

　　20世纪80年代初，长乐村村民通过养蚌育珠，生活条件大为改善，雅马哈、铃木王、本田王等高档摩托车进入寻常百姓家。长乐村地处白塔湖，四面环水，中间有一座藕山绵延数里，把村庄一分为二。船只成了村民劳作、出行的交通工具，拖拉机都到不了村民家门口。大家迫切需要改善交通条件，但当时村级集体经济收入相当微薄，没有资金修路。为改善交通状况，各个自然村自行发起修路。山后自然村率先集资开岭修路，几米高的小山坡被夷为平地，从前雨天一身泥、晴天一身灰的泥石路，变成了穿皮鞋走路会笃笃响的水泥大道。接着花园后自然村也发起修路。花园后自然村只有区区二十多户，集资难度大，发起人是铁元和培灿，他们不仅带头捐款，而且把工程款差额部分全额补足。但总有极个别村民唱反调。当路修到一个村民家门口时，这个村民非但没有出钱出力，连他屋后的公用地都不肯让出来。他把石头垒起来阻碍施工，叫嚣着："要修路，除非从我身上修过去。"培灿碰到这头"拦路虎"，一筹莫展。

　　这时，我父亲刚好路过看到。平时言辞不多的他，突然拿起锄头，大声说："修路是件好事，大家都要支持。吉才、明贵，来！大家动手，赶紧浇过去。"在父亲的号召下，那堆拦路石顷刻间就被清理掉。父亲在村民心目中有着极高的威信，在真理面前他绝不会退缩，那个无理阻挠的村民只能束手让步。

　　父亲是一位全能手，他几乎做过村里的所有工作。

　　记得有一年夏天，天气非常炎热。那时农村各家各户唯一的电器就是电灯。为了节约用电，吃晚饭的时候，村民都会搬出

桌子，在户外一边纳凉一边吃饭。一天晚上，我们一家正围着桌子吃饭，突然一位村民找上门来，请求父亲去帮他家修电灯。母亲叽叽咕咕地唠叨："这么晚还来找我们，明天也可以修的……"父亲却放下饭碗，速速走进屋里，拿出工具，跟着村民匆匆走了。村民家里黑灯瞎火的，父亲小心翼翼地爬上梯子，仔细检查电表熔断器，见保险丝完好无损。父亲又打开手电，沿着线路，一段一段地检查，看到电线接头处，就拆开胶布，发现接头有松动，就用老虎钳拧紧，再用绝缘胶布重新包好。检查完所有线路，打开电源开关，家里顿时灯火通明。村民看着满头大汗的父亲，激动地说："柏荣，真的太感谢你了。"等父亲回到家，天已经很黑了，饭菜也早就凉了。

老台门里住着一位年逾古稀的老人，他叫何成甫，中华人民共和国成立前曾做过上海一所女子学校的校长，担任过上海市参议员。"四清"运动时，老人被划成反革命分子。在那个特殊的年代，何成甫备受冷落。老人行动不便，邻居何益忠经常照顾何成甫。有一次，何成甫拉着何益忠的手说："益忠，我跟你说件事。"益忠好奇地问："大爷爷，有什么好事？"何成甫伸出大拇指说："益忠，柏荣真是个好人，他是我们村里一位难得的好干部。"益忠后来才知道，那是因为我父亲给何成甫免费安装了电灯。在老台门屋里住着，白天都是乌漆墨黑的，何成甫平时又喜欢看书，没有电灯便没有了生活的滋味。安装电灯，对于风烛残年的老人来说，的确是一件头等大事。而在那个特殊的年代，何成甫特殊的身份，令村里大部分人对他避而远之。我父亲不仅没有对他另眼相看，相反，还热心地帮他解决了困难，这让何成甫感激涕零。

　　父亲还管理着村里唯一的一台电视机。那时候，看电视是村民最享受的精神生活，全村男女老少像看社戏那样围着看电视。父亲像上班打卡一样，每天傍晚6点半准时开机，10点半准时关机。等看电视的人群散去，观众席上总会留下个别酣睡的村民。父亲见状，会轻轻地将他们摇醒。若是遇到老弱病残的，父亲一定会亲自送他们回家。而父亲回家时，已经是深更半夜了。

　　村里有位绰号叫"铁牛"的拖拉机手，农耕时要翻耕几百亩水田。那时耕田的拖拉机，都是老爷车式的手扶拖拉机。有一次，"铁牛"的柴油发动机发生故障了，纵使"铁牛"有牛一般的体力，也发动不了拖拉机。他瘫坐在地上，望着柴油机发愁。"铁牛"家在村委会隔壁，父亲那天去村里开会正好路过。"铁牛"见我父亲走来，像遇见了救星，他恳求道："柏荣叔，农户还在等着我去耕田呢，你能不能帮我修一下发动机？"父亲在生产队当了二十多年的水管员，对发动机原理太熟悉了，他三下五除二一番修理，拖拉机就喷出黑烟，发出"突突突"的声音。"铁牛"开心得像孩子那样手舞足蹈，然后一拍胸脯："柏荣叔，你家的口粮田，我免费给你耕。"父亲笑着回话："平儿，谢谢你的好意，不用了，你赶紧去给人家耕田吧。"

　　平儿人高马大，从小喜欢篮球，后来当上了村里的篮球队队长。1992年，为庆祝诸暨珍珠市场落成，西施美首饰厂举办了"珍珠杯"篮球邀请赛。我们村也参加了这次邀请赛，村里的一些珍珠老板纷纷捐款，请来了浙江青年队为我们村打篮球，"铁牛"队长特意请我父亲负责篮球队的后勤工作。那天晚上，冠军争霸赛在浙江青年队和浙江省队之间进行。因为是两支专业

篮球队的对抗赛，消息传开，引得方圆十里的篮球爱好者前来围观。在比赛中，浙江青年队的两名主力被罚出场，平儿、建明也上场了，和青年队队员们一起在球场上拼杀，最后以一分优势夺得了冠军，把"珍珠杯"收入囊中。

"珍珠杯"篮球赛参赛队员、教练、村干部

那些年，每个村都办有碾米加工厂。因为家家户户养牲畜，麸糠就成了抢手货，农户常常为了点麸糠，在碾米厂里吵得面红耳赤。轮到父亲在加工厂当班时，碾米的人则会在那里排队，一直会排到路边，父亲俨然成了全村的权威。问村民，为什么非要来赶这个热闹？大家都说，柏荣不仅有一流的碾米技术，而且态度比保姆还要细致周到，他会公正对待每一个前来碾米的农户。

　　在外人眼里，我父亲永远是一位和蔼可亲且乐于助人的大好人。而在我的眼里，父亲既是一位慈母，又是一位严父。

　　记得我九岁那年，一天晚上，村里放露天电影。孩子们欢天喜地，凑在一起玩游戏，而我不小心在蹦蹦跳跳中扭伤了腿。后来是父亲背着我去了医院。先到乡卫生院，医生说没办法医治。父亲急忙四处打听。当得知视北卫生院可以医治，父亲立即放下手里的活，牵出自行车，驮上我就走。那是一段崎岖不平的山路，父亲咬着牙吃力地踩自行车，控制着车子的平稳。我坐在自行车的后座上，双手紧紧抓着父亲的衣服，忽然感觉我的双手变成湿漉漉的了，原来是父亲的衣服已经被汗水浸透了。我看着父亲的后背，默默地掉下了眼泪。十多里的山路，父亲艰难地骑行了个把钟头。到了视北卫生院，父亲又是挂号，又是配药。当听到医生说没有大碍时，父亲那些天里始终阴沉的脸，终于露出了灿烂的笑容。

　　每天晚上，父亲都要检查我的作业，我只有完成作业后才可以睡觉。有天晚上父亲去村里开会，我心里美滋滋地打起了如意算盘：今天可以多玩一会儿，作业明天早上去学校做。等父亲回家，玩累了的我早已进了甜蜜的梦乡。老规矩，父亲打开我的书包查看作业，发现还是白纸一张。于是，父亲将我从睡梦中拉出来。父亲的脸上乌云笼罩，一场暴风雨即将来临。"爸爸，作业不多，我明天早上去学校完成。"我揉了揉眼睛对父亲说。"今晚必须完成，否则你就站在这里。"父亲义正辞严，根本没有商量的余地。我看着父亲，乖乖地拿起笔来完成作业。

　　父亲陪伴我成长整整二十年。如今，他离开我已经二十七年了。二十七年里，我一直在天真无知中成长。现在，当我拿起

笔,在写父亲的瞬间,我才有了一点成熟的感觉,因为在失去父亲后,我也经历了太多太多。我像父亲一样,也当上了村团支部书记、村委会委员、村党支部委员……我终于踏上了父亲来不及走完的人生之路。

六

父亲在担任村干部期间,还分管过村里的土管工作。

20世纪80年代,长乐村依托白塔湖自然水域,大力发展养蚌育珠,成了远近闻名的"万元户村"。村民口袋里有了钱,但住房条件并无大的改善,住的都是台门屋或平房,极少数住的还是稻草屋,甚至还有住在山上的农户。

我们村有一个三百多年历史的老台门,台门屋里有大大小小二十个房间,二十个房间里住着十五户人家八十多号人,其中三间还是三个生产队的仓库。

住在台门屋里,经常会发生一些尴尬事。台门后面全是露天茅坑,这边吃饭,那边拉屎。两户人家只隔一层薄薄的木板,家里稍有动静,邻居听得一清二楚,连男女之间的暧昧之事都要做得小心翼翼。公共用地呈诸侯割据之势,你搭猪圈,我建鸡棚,他放尿桶,邻里之间常常因琐事而吵得面红耳赤。

住在平房里,碰到梅雨季节,衣服、家具和厨房里的碗盘筷,都长满了白色的茸毛。一到严冬,刺骨的寒风从瓦缝间钻进屋内,让被窝里的人不敢露出脸来。碰到雨天,屋外下大雨,屋里下小雨,脚盆、面盆齐上阵。

住稻草屋最怕台风,台风呼啸而来,风吹走稻草,房子就被掀掉了头盖。一阵雨下来，家里的所有家当，全都"沐浴"在雨水中。

　　住在山上的农户更不用说了，走的是羊肠小道，一不小心就会跌倒在地。打雷时要提心吊胆，生怕天雷公公发怒。收粮后，往山上搬运粮食，肩上的两只箩筐，总是让男人的牙齿咬得咯咯响，其雄心壮志颇像红军过草地翻雪山似的。

　　那时候农村私人建房需要经过层层审批，先是村集体讨论通过，然后递交给乡镇土地管理所审查，再由乡镇人民政府批复同意，最后上报县里的土地管理局。我们村早期的宅基地以私有地、山秧田、村集体的老房子或生产队的仓库晒场为主，没有占用农田作为宅基地。

　　全良一家六口人，住在一间二十多平方米的台门屋里。他的大儿子惠挺，三十来岁还没娶到老婆。当时农村谈婚论嫁，男的基本都在二十五岁前结婚。惠挺谈对象，谈一个吹一个，因为女方开出的条件是必须有新房子。无奈，全良拿着一份宅基地申请报告找到我父亲。乡里乡亲的，谁家宅基地困难，大家心知肚明，全良当然是住房特困户。父亲从村里到乡里，替他包办了所有审批手续。但是，当父亲将宅基地批文交到全良手上时，全良却愁眉苦脸，一点也高兴不起来。父亲知道他在担心什么，便开口说："全良叔，我这边还有一千块钱，你先应急用着。你再跟旺生去商量一下，他一定会帮你的。"旺生是全良的侄女婿，又是父亲的堂内弟。在父亲的提醒下，全良筹集到两万多元的建房资金。时隔一年，全良终于高高兴兴来到我家，特地送来了乔迁新居的请帖。

　　住在山上的农户，有一对兄弟名叫庆祝和跃进。兄弟俩住

在山上,苦不堪言。一次,跃进老婆从山上跌下来伤了腿,在医院里躺了一个多月,还留下了后遗症。兄弟俩为宅基地的事找到我父亲。那年,宅基地指标非常紧张,父亲就去乡里主动对接,邀请乡土管员到现场踏勘,最终帮兄弟俩解决了难题。

其斋一家四口住在一间稻草屋里。夫妻俩长期在外修船。星期天,留下两个儿子在家做饭,一不小心,火星往外窜,点燃了灶台边的稻草,幸亏扑救及时,未酿成大祸,两个儿子被熏得像黑炭似的。父亲得知情况后,主动与其斋联系,还为他写好宅基地申请报告。很快,他家的宅基地批文也顺利办妥了。

仲夫的两个儿子长得差不多跟仲夫一样高,一家四口住在三十平方米不到的两间楼房里。仲夫心里急啊,再过几年,两个儿子都要结婚成家了。仲夫跟我父亲是同一个生产队,我父亲给他出了个主意,生产队的晒场不是可以利用起来吗?仲夫觉得这是个好注意,就买下了生产队的晒场。不久,他家建了四间的两层楼房。

绍甸一家在村里算得上是"大户人家",儿子汉良和汉明都已结婚,一家十几号人挤在一起,他们家的房子像豆腐干一样,一块一块的,又小又窄。刚好仁权有块私有地打算转让,而仁权是我父亲的好朋友。父亲把仁权想要转让私有地的信息告诉了汉良,汉良连夜跟仁权谈妥。就这样,汉良终于有了一处宅基地,父亲又帮他去乡里落实了宅基地指标。乔迁新居时,汉良硬要拉着我父亲去他家喝上梁酒。

王立水家建房是原拆原建,手续相对简单,为了感谢我父亲帮他办好了建房手续,他特意送来了两瓶四特酒。我父亲连夜把酒还了回去,笑着跟王立水说:"立水叔,这是我的工作,心意收下，这酒我是不能收的。"

因为父亲经常找乡里的土管员，乡土管员陈华良、赵迪青都成了父亲的好朋友。陈华良后来去了东方巨星公司，还介绍珍珠粉业务给我父亲。父亲出殡的那一天，赵迪青代表镇政府来吊唁。我当村干部的时候，赵迪青是我们村的联村干部。他常常会提到我父亲，说我父亲群众关系好，工作认真仔细，乡里每次开会，我父亲总是第一个到场。

在父亲去世后的几年，长乐村成为诸暨市新农村建设的排头兵、乡村振兴的示范村。这一切，靠的是我父亲和木根外公一起缔造的珍珠产业，靠的是长乐村历届"村两委"擦亮"珍珠第一村"的牌子。

珍珠第一村

七

父亲入赘后的第三年，家中又添一个男丁，也就是我的二哥。

我外公整天背着大外孙，享受着天伦之乐。父亲则把家打理得有条不紊。周围邻居竖起大拇指直夸："阿仁叔公有这么好的一位上门女婿。"

这年初冬，晚稻完成入库，一年的农闲也就开始了。

与往年一样，农事结束，湖区的交通工具——柴油挂桨机待岗。我父亲和木根外公是长乐大队的水管员，这一天，他俩正在给柴油机做保养。

这时，副业队的何洪林急匆匆地向他们走来，一本正经地对他俩说："木根、柏荣，大队书记要我来通知你们，现在赶紧去一趟会议室。"

平时嘻嘻哈哈的阿林叔，今天怎么会这么严肃？我父亲随即心神不宁地问木根外公："木根叔，大队书记这个时候叫我们去，是不是想换人？听说老书记的儿子也想干这份工作。"

"柏荣，这份工作有技术性，况且你那么出色，生产队上上下下都在夸你，不要多想。"木根外公淡然地说，两人边说边走，一会儿就到了会议室。

大队会议室在烂门堂的两间平房内，条件十分简陋，窗下有两张写字台，上面的油漆都剥落了，墙上挂着毛主席像，四周放着几把靠背长条椅子。

只见书记何如江正与一名陌生男子聊天，那陌生人看上去五十来岁，仪表堂堂，一头短发，黝黑的皮肤上爬满了一道道皱纹。

"木根、柏荣,我介绍一下,这位是江苏武进来的朱林坤师傅,他是来收购河蚌的,有公社证明。你们帮忙运输河蚌,大队给你们记工分。"听到书记的这番话,我父亲的脸色一下子由阴转晴,两人满口答应。

"朱师傅,我们帮你拿行李。"说完话,父亲挑起行李箱,木根外公拿起公文包。这般热情,简直就像淳朴的乡下人在接待远道而来的上海客人。

木根外公着手安排朱师傅的住宿和一日三餐,在自家的阁楼加了一张床,然后对我父亲说:"柏荣,我们两家好说话,朱师傅就住在我家,早饭、晚饭我安排好,中饭由你落实。"接着又问朱师傅:"朱师傅,你们大队养了多少只鸭子,要收这么多河蚌去喂鸭?"朱师傅笑了一笑,没有回答。

就这样,我父亲和木根外公每天帮着朱师傅把收购来的河蚌运到斗门埠头。

时间过去一个多月。眼看春节临近,一天晚上,朱师傅将两位帮工叫到身边。

"这段时间真是辛苦你们了,你们待我亲如家人,我告诉你们一个秘密,河蚌不是用来喂鸭的,河蚌是用来养殖珍珠的。"他的声音像是从喉咙最底部挤出来的。

说着,朱师傅又从行李中取出一套工具,拿起一把

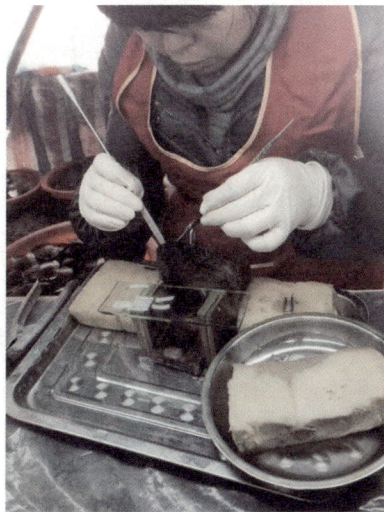

种　蚌

钢刀，切开了一只河蚌。"来，我教你们怎样插种珍珠。"朱师傅指着切开的河蚌说，"这块是斧足，这里是外套膜，边缘膜切成小片……用开壳器打开另一只河蚌，植入小片……"

朱师傅又告诉两位帮工，种下去的珍珠蚌第二年就能收获珍珠，每千克珍珠收购价在一千元以上。

天下竟有这等神奇的事！这一夜，我父亲彻底失眠了，脑子里始终盘旋着一句话：河蚌可以插种珍珠，河蚌可以插种珍珠，河蚌可以插种珍珠……

贫穷的滋味，饥饿的滋味，激发了深埋于父亲心底的渴望。父亲抵挡不住珍珠的诱惑，便偷偷摸摸开始养起了珍珠。

有了河蚌，有了水域，那么种蚌的工具呢？

父亲从西江农机厂里要来报废的钢针和锯条，用钢针做成送片针和创口针，把锯条在砂轮里打磨成刀片。做过船匠的外公则用木头给我母亲做了一个"手术台"。

就这样，父亲开始摸索着培育珍珠。

老天不负有心人，当父亲用颤抖的手从河蚌里挖出一粒粒珍珠时，父亲眼里含着泪花。他高兴地说道："我有女儿了，我有一个宝贝女儿了。"父亲把珍珠当作自己的女儿。

后来，父亲和母亲夫唱妇随。我父亲养珍珠，我母亲插种珍珠。

那时候，我父亲一有空闲，就会去白塔湖里挖蚌，然后把蚌寄养在水里。到了初冬，父亲开始起蚌。捞上来的鸡冠蚌，有力地蠕动着它的斧足，像婴儿嘴里伸出娇嫩的舌头，顽皮地往外吐水。鸡冠蚌大小在十厘米左右，黄褐色的外表，后部缘一直向上，斜伸成竖起的鸡冠，中间鼓鼓的像饱餐后的大肚子，下腹部呈圆弧形。

　　此刻，我母亲和她的徒弟们，像手术台上的主刀医生和护士那样摆开了阵势。

　　大徒弟长美，用手术刀切开一只小片蚌，她那双纤细的手不停地忙碌着，一会儿用剪刀剪开外套膜贝壳上的附着点，一会儿用手术刀小心翼翼地切开边缘膜，再用镊子有条不紊地撕膜。于是，一条长五厘米、宽一厘米左右的膜片，就整整齐齐地放在玻璃条上了。接着，像厨娘切菜，"笃笃笃"地将长条膜片切成一厘米见方的小片。然后，用海绵在小片上轻轻地拂水。完成这道工序后，长美把玻璃条递给我母亲。

　　母亲把玻璃条放在"手术台"上，用开壳器弹开鸡冠蚌的口，加附口器后插入塞子。薄竹片插入鸡冠蚌体内，母亲把里面的斧足拨向一侧，左手用创口针挑起小片，右手则拿着送片针顶住小片。送片针和创口针在左右手的合力下，将一片片的膜片从上到下、从右到左，平行排列在外套膜里。最后拔出塞子，将鸡冠蚌放入水桶里。那插好膜片的鸡冠蚌在水桶里"如鱼得水"，不停地张口猛"喝"，补充手术后的"营养"。

　　等鸡冠蚌"喝"足了水，父亲再次捞起鸡冠蚌，用土制的"钻

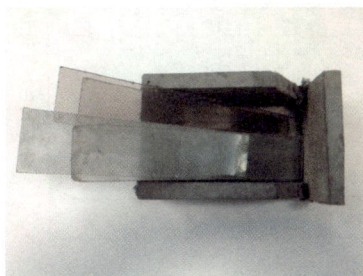

种蚌工具——"手术台"

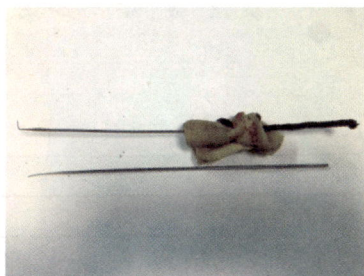

种蚌工具——送片针、创口针

子头"在它的鸡冠处钻洞,然后是穿针引线,细小的尼龙线瞬间从鸡冠洞中穿过。接着把穿好的尼龙线打个结,再用刀片在蚌的贝壳上刻字:何××,×年×月×日。

清点数量,装上船只,运到池塘里。穿有尼龙线的鸡冠蚌,一只只吊在浮绳下面,开始了它的育珠生长……

来年冬天,父亲从蚌塘里捞起一个个孕有珍珠的鸡冠蚌。然后,他用钢刀切开河蚌的闭壳肌,掰开蚌壳,只见一粒粒珍珠正酣睡在外套膜里。父亲从蚌体内小心翼翼地挖出珍珠,只听见"叮"的一声,黄豆大小的珍珠已落在搪瓷面盆里。珍珠晶莹透亮,闪闪发光,微笑似的看着我们。

从那以后,我们家每年都有珍珠收获。一包包珍珠源源不断地流向外贸公司、医药公司等收购单位,面值五百、一千的一张张收购凭证开了过来,兑成一笔笔珠款。我们家很快就成了远近闻名的"万元户"。

那时家里常有陌生人来取经,父亲像一位和蔼可亲的老师,

珍珠收购凭证

耐心地指导他们,把养蚌育珠技术毫无保留地传授给他们,让乡亲们走上共同富裕的道路。

有位村民叫何培灿,一家六口光靠他一个人劳作维持生计,勉强能填饱肚子。父亲无偿给他蚌苗,免费提供育珠技术。几年后,他家养蚌发了一笔小财,盖起了三间楼房。培灿逢人便说:"柏荣虽不是我的亲人,但胜似我的亲人。"

对一些家庭条件差的农户,父母亲不仅在经济上照顾他们,还主动要他们的子女来学习珍珠插种技术。柏龄的女儿、培林的女儿等,都是我父母的徒弟。那时种蚌师傅的工资简直是天价,一个弱女子赚到的钱,是生产队里一个强壮劳动力的好几倍。

广山村的詹仲华、何忠钟专程登门拜访,说服父亲跟他们一起合伙养蚌。1979年冬,在父亲的帮扶下,詹仲华、何忠钟在新沥湖收获了二十八斤珍珠,掘得了人生的第一桶金。之后,何忠钟送他十七岁的大女儿来做学徒,学习珍珠插种技术。

父亲后来还去了江西鹰潭传经送宝,给当地老百姓送去了养蚌育珠技术。

老书记何如江后来在我父亲的追悼会上致辞,他说:"柏荣同志带领群众养蚌育珠,勤劳致富……"

八

父亲总是把抽屉锁得严严实实的,钥匙轻易不离身。有一天,我无意中发现父亲忘了关抽屉,那把铜钥匙插在锁芯里,似在向我频频招手。好奇心驱使我打开了抽屉,发现里面全是

票据。

知道我在写以父亲为题材的书，大哥延安给了我许多父亲生前留下的票据，日期有1977年的，1980年的，1981年的，1982年的……还有一个笔记本，里面密密麻麻地记着许多我熟悉的名字，以及借款金额和日期。最少的二十元，最多的两千元，日期在1980年至1984年。那些年里，父母养蚌育珠赚了钱，而我父亲天生一

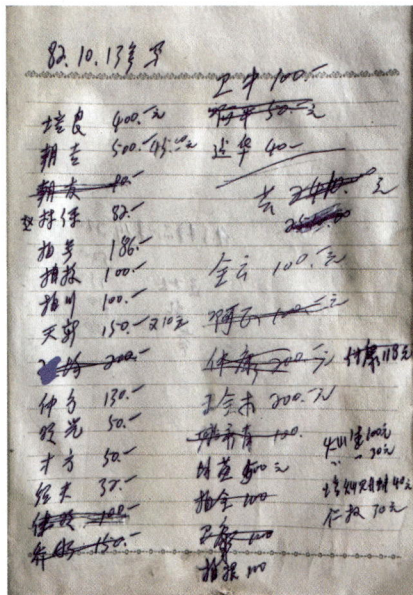

父亲的借钱账本

副菩萨心肠，亲朋好友向他借钱是自然而然的事。

他们至今还记着我父亲的好。父亲生前好友全荣叔，经常在我面前提起我的父亲，他讲得最多的一句话就是："要是柏荣哥还在世的话……"

全荣是家里的老小，他父亲去世早，留下老母亲与他相依为命，过着十分清贫的日子。过了二十五岁的全荣仍孑然一身，老母亲为他的婚事着急。他老母亲托遍了所有能联系上的亲朋好友，总算在七里村为他找到一个女朋友。两人谈到婚嫁时，对方父母提出要一千元聘金，这下难倒了全荣母子。全荣愁眉苦脸地对他老母亲发起了牢骚："妈，反正我们家兄弟也多，大不了我去做倒插门，让三个哥哥赡养你。"老母亲无可奈何，就跟全

荣说:"全荣,去找你几个哥哥商量商量。"全荣这才去找小哥开青商量。

开青正帮我家看管垛子头水域养的珍珠蚌,与我父亲交往密切。开青告诉全荣:"我知道有个人可以帮到你。"说完就拉着全荣来找我父亲。父亲了解情况后,非常爽气地答应:"成家立业是大事,哪有不帮的?"我父亲对开青、全荣兄弟俩说:"家里没有这么多现金,我明天早上8点半去信用社取钱,你在家里等我。"第二天早上9点,父亲把一千元钱如数交到全荣手上。

全荣结婚那天,他老母亲非要我父母亲坐到正屋的上桌。就这样,开青和全荣成了我父亲的好朋友。后来,发生了一件不幸的事。1985年10月,开青前往江苏东台收购鸡冠蚌,途经太湖,半夜船在狂风暴雨中翻了,不幸遇难。父亲为这事着实伤心了一阵子。

母亲有位小姑,嫁到白浦大队陶家自然村。小时候,我们家每逢春节,都要去小姑婆家拜年。我记得,先是小姑婆家的老三阿迪娘舅到我外公这里拜年,我外公是他的大舅。中饭后,他骑上自行车带我们兄弟仨去他家。小姑婆家靠种田地为生,家境贫寒,四间矮平屋里住着一家六口。那时候,许多乡镇办起了砖瓦厂,阿迪娘舅想买拖拉机给砖瓦厂跑运输。小姑婆来找我父母亲商量,期望侄女和侄女婿助他家一臂之力。父母亲异口同声地对小姑婆说:"表弟买车跑运输那是好事啊!我们肯定支持,现在光靠田地只能糊口。"第二年春节,阿迪娘舅开着他的"大奔"到我外公这里拜年。

朱家站大队的谢又平,他父亲在白塔湖渔场管闸口,我母亲在朱家站种蚌时认识了他们父子。谢又平有了女朋友,可是他

不敢领进家，一则他父亲头皮光光的不雅观，怕吓跑了女朋友，二则家徒四壁，怕留不住女朋友。谢又平就把他女朋友带到我家，把我家说成是他姐姐家。他女朋友进门一看，我家有电视机有收音机，明显就是一户富裕人家，那这位内弟也差不了多少。谢又平在我父母亲那里又借了六百元钱，就这样他把女朋友哄到了手。至今，我们三兄弟碰到谢又平还是称呼他为阿平娘舅呢。

村里有位小青年叫天星，二十岁刚出头，跟他父亲一样脾气犟得很，父子俩三天两头闹别扭。事后，他总要到我父母亲那里"诉苦"，我父母亲每次都开导他。有一次父子俩又打架，天星委屈地跑到我家，眼泪汪汪地跟我父母说，这个家实在待不下去了，他想离开这个家，去江西他叔叔那里找份工作，向我父亲借二百元钱作为路费。父亲先是批评他，要他懂得感恩父母，当听到天星是去他叔叔那里找工作，也没有多说什么，转身回到房间，取出二十张"大团结"给天星，再三叮嘱他路上小心。

自来水公司退休的华新叔，有一次碰到我，跟我说："你爸真是个老好人，不仅借钱给徐平方，还介绍我去他家买材料。"徐平方在西施大街开了一家水暖店，华新叔曾在他店里买过材料。我也听我父亲说起过徐平方，说他老婆身体一直不好，家中有两个老的需照顾，还有一个女儿要培养。他和我父亲只有一面之交，那次他来我家，向我父亲开口借钱，打算开一家水暖店。我父亲听了他的家庭情况后，伸出了援助之手，助了他一臂之力。

1984年，政府推出国库券认购。乡政府为了完成国库券认购任务，找到我父亲，希望我父亲能出点力，帮忙完成任务。父亲问乡政府领导，需要他认购多少金额。领导给父亲的任务是五百元，而父亲当即表态认购一千元。父亲用自己的一丝微薄力量，诠释着他的爱心。

父亲留下的这本笔记本，记录着父亲的一桩桩凡人善举。

父亲去世后的那年清明，村里的小学举行了学生作文竞赛活动，要求以我父亲的事迹为题材，以纪念这位村里最受敬爱的人。有一次，学校组织学生去扫墓，村民何校江指着对面的山林，告诉自己的子女，我们村就有一位烈士，他就是何柏荣。

国库券

九

1984年7月，父亲成了诸暨县政协委员。他是一名农林界的委员，代表着诸暨的珍珠产业。

那时，我还很小，父亲常跟我提起几个名字：周晓东、俞香球、赵绍江……他们和我父亲一样，都是政协农林界委员。

周晓东后来成了五丰电子厂的老板，生产电容产品。俞香球的儿子郑伟平还和我大哥延安一起跑过广州，合伙卖过珍珠。赵绍江在五泄承包山林，后来也尝试过养珍珠。

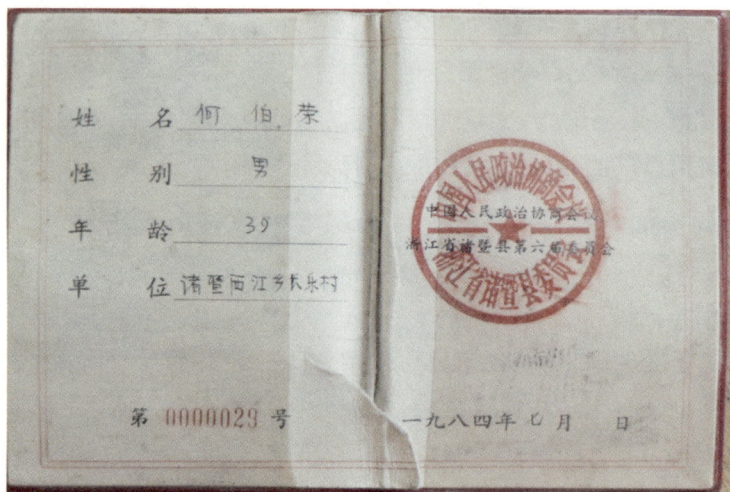

父亲的政协委员证

　　1987年，也就是我母亲出事的那一年，父亲在一次政协会议后，跟同组的几位委员提起我母亲在广州的不幸遭遇。我母亲因私卖珍珠，被广州市东山公安分局拘留了四十六天，价值十七万元的珍珠全部被没收。为了保释我母亲，我父亲又向东山公安分局缴纳了八千元罚款。听到这样的处理结果，大家都感到愤愤不平。珍珠是农民自产自销的农产品，怎么变成了投机倒把？怎么还扣上了"走私"的罪名？大家你一句我一句地谈开了，但最终也是束手无策，因为事情毕竟发生在广州。俞香球问起我父亲，那珍珠生意有没有继续做下去。我父亲说："只有先处理好事情，才能再做生意。"

　　会议结束后没几天，俞香球带着她的儿子郑伟平来找我父亲。那时，我们家已搬到新房子里。郑伟平刚满二十二岁，长得一表人才、机灵干练，见了我父亲直呼"叔叔"。郑伟平听说卖珍珠非常赚钱，便吵着要来找我父亲。我父亲问俞香球："伟平在哪里上班？"俞香球说："在诸暨印刷厂上班。伟平不喜欢上班，这次来找你，是想和你一起去广州卖珍珠。"听完俞香球的话，父亲皱了皱眉头说："月娜被没收的十七万元珠款当中，大部分是珠农的，事情还没有处理好，再去做珍珠生意，我愧对人家珠农。"站在一旁的我大哥延安，听到伟平要合伙做珍珠生意，迫不及待地说："爸爸，我十九岁了，我跟伟平哥一起去广州，反正广州那边有我妈在。"父亲摇摇头说："容我考虑一下。"父亲的推脱出于无奈，家里实在没有资金了，十七万元珠款被没收，又被罚款八千元，这罚款还是提前剖了一批珠蚌才凑起来的。

俞香球母子俩在我家吃过中饭，便起身回家。临走时，俞香球诚恳地对我父亲说："柏荣，年轻人要出去闯闯，我等你的好消息。"

这天下午，我大哥延安哭着去找亚文姑妈，因为他知道，父亲最听亚文姑妈的话。

亚文姑妈过来劝说我父亲："阿荣，延安十九岁了，让他出去闯一闯。"在亚文姑妈面前，我父亲瞬间打开了心中的闸门，感情泄洪似的一倾而出。"阿姐，月娜出了事，家里的日子不好过呀，做生意是要本钱的。"亚文姑妈把延安叫了过来，她的嗓门一下子提了上去，激动地说："阿荣，我家里有八千元钱，你们先用着，不够的话，到时我们再想办法。"延安听到八千元，高兴地说道："爸爸，我种蚌攒下两千元钱，刚好筹齐一万元。"就在前段时间，我大哥延安跟着秀琴舅妈去了五泄赵绍江那里，种了半年时间的蚌，这两千元是他半年的工资。

父亲最终拗不过亚文姑妈，同意延安和伟平一起去广州卖

珍珠。

两人筹齐了二万元钱，在山下湖珍珠市场收了五十多斤珍珠，坐上了诸暨到广州的火车。父亲拍电报给母亲，告诉母亲郑伟平和延安到广州卖珍珠。母亲也有同样的想法，让大儿子延安出来锻炼一下。母亲在广州火车站接他们，带他们住进了宝岗旅社。

第二天，在我母亲的介绍下，五十多斤珍珠全部卖完，还赚了两千元。想不到赚钱这么容易，这下两位年轻人高兴得眉飞色舞。珠款放在旅馆里不放心，于是伟平包里放一万元，延安包里放一万元，剩下的两千元由伟平保管。中午在食堂吃饭时，碰到表舅阿武，阿武娘舅跟延安说："外甥，今晚，白浦老三要带我去白天鹅宾馆玩，你去不去？"延安早就从我母亲口中听说过白天鹅宾馆的大名，还没等阿武娘舅把话说完，就接了过去："娘舅，要去的，当然要去的。"

晚饭后，阿武娘舅、白浦老三、郑伟平，还有我大哥延安，四人挤上了公交车，这时，他们满脑子想的是珠江畔白天鹅宾馆的金粉豪华。下车时，大哥突然发现包的底部有一道口子，他急忙拉开皮包，发现包里的一万元钱不翼而飞。阿武娘舅飞快地跑进白天鹅宾馆，立即打电话报了警。可是茫茫人海，哪里还能找到这个扒手！

回家后，大哥哭了好几天。在他的人生中，这是他第一次跑广州卖珍珠，也是最后一次。

十

父亲有个比他小八岁的胞弟，兄弟俩长相极为相似，都是黝黑的皮肤，高挺的鼻子，尖下巴。除了这些，他们还有一个共同爱好，那就是抓鱼。

此刻，我的脑海里立刻浮现出一个场景：父亲走在前头，小叔跟在后面，父亲手里拿着夹网，小叔肩上背着克笼。走到岸边，父亲开始撒网打鱼，"沙"的一声，渔网跟着蜡块沉入水底。父亲两只手按住鱼竿，使劲地抖了几下，快速把渔网提了上来。网兜里有一条鲫鱼和一条鲤鱼，活蹦乱跳着。随即，小叔满心欢喜地捧起鱼，一条条放进克笼里。

正是他俩的共同喜好，给这户贫困家庭带来了一丝欢欣，鱼也成了祖父家餐桌上的山珍海味。

那些年，要是遇到年景不顺或是青黄不接，祖父家总要度过一段"吃了上顿没下顿"的日子。

一次，家里米缸又见底了，祖母只好硬着头皮去借米。那一年小叔才五岁，始终跟在祖母身边。祖母从邻居家借来米，又是淘米又是煮饭，最后将饭全部装进了淘箩里，随即将淘箩挂在灶台上方，等待祖父和父亲回家吃饭。已经饿了一整天的小叔，眼巴巴地盯着淘箩。等到祖母出去，他立刻搬来凳子，爬了上去，伸手一把撩住，把淘箩拿下来。那一粒粒晶莹的白米饭，让小叔欣喜若狂，他迫不及待地伸出小手，一把抓起，拼命地往嘴里塞。很快，一淘箩饭统统装进了他的肚子里。

小叔"阿浩淘箩"的绰号就是这么来的。至今，年纪大的人还会这样称呼他。

　　当父亲到了独当一面的年龄，他不再安于贫瘠的现实，开始与命运抗争。

　　父亲似乎想成为一名"演员"，养蜂，育珠，开荒，办厂……不停地在转换角色，演绎人生的一出又一出戏。

　　说起养蜂，有那么一群可爱的小精灵在我眼前飞来飞去。它们长着一对金色的小翅膀，毛茸茸的身上镶着虎斑。这群娇小玲珑的小蜜蜂，也会惹是生非。有一次，我看到二哥的脸肿得连眼睛都看不见了，问其原因，说是不小心被蜜蜂蜇的。

　　父亲养蜜蜂时，常常会把自己打扮得像个阿拉伯人似的，戴着面纱，手上加了一副长筒手套，全副武装地进入蜂场。

　　蜂场在仕明家屋后，靠近山坡的一处空地上。这里避风，遮阳，离家又近，管理方便。

　　冬季来临时，父亲会买许多白糖，把它熬成糖汁，去喂养蜜蜂。到了春天，一扇扇叮满蜜蜂的蜂巢，放进摇蜜机里，琥珀色的蜂蜜就从摇蜜机中缓缓流出。父亲偶尔会给我们品尝一下爽甜滋润的蜂蜜和带有苦涩味的蜂皇浆。

　　"采得百花成蜜后，为谁辛苦为谁甜。"老天爷早已安排好了，让养蜂成为父亲的第一个创业项目，这就注定了父亲的一生。因为父亲后来就成了一只千辛万苦、勤劳敬业的蜜蜂。

　　改革开放后，长乐村村民渐渐地从传统农业中脱离出来。他们依托白塔湖水域养蚌育珠，又辗转广州推销珍珠。

　　村里的副业队解散后，有几十亩山地尚需发包。刚刚放下锄头的村民，哪里还会再去干这种又苦又累的脏活。眼看山林荒芜，父亲和堂兄柏龄商量，又联合柏兔、正邦，四人合伙把荒山租赁下来。经过一年多的辛勤耕耘，原先的桑树林变成了花果山。十五年的承包期，未承想到父亲会中途"退场"。他没有看到青皮红芯的橘子，没有看到拳头大的雪梨，更没有看到果实高挂在枝头上的那个丰收景象。

父亲与珍珠粉厂有过三次姻缘。

20世纪80年代初，父亲听说邻居钱仁法的二女婿推销药用珍珠赚到了钱，客户是胡庆余堂制药厂，而胡庆余堂是可以加工珍珠粉的。父亲又听说，原来跟他一起养蚌的詹仲华开始拓展珍珠衍生产品，办起了珍珠粉厂。父亲心底里像骡打磨那样，琢磨起这件事。说来凑巧，鑫华和观均此时也为办珍珠粉厂找上门来，他们三人一拍即合，办起了诸暨县纯真珍珠粉厂。

记得那年我正好十五岁，生产忙碌时，父亲会叫我去帮忙。七千克珍珠粉，加水，加食用酒精，装入陶瓷坛里球磨一百二十个小时，洁白细腻的珍珠粉会像奶油那样从陶瓷坛里溢出，这就是通常所说的珍珠粉水飞炮制方法。

企业运作两年多后，一场债务纠纷彻底压垮了企业。当时厂里来了两名业务员，他们像说快板那样说了一通，而且信誓旦旦地保证货到付款，要求厂家把珍珠粉送到杭州的一个仓库。就这样，他们代销了价值五万多元的珍珠粉。后来事与愿违，货款分毫未收，企业遭殃。最后三人商议，把珍珠粉厂低价转让给了鑫华。

过了半年，北京举办亚运会，江苏中华多宝有限公司在央视投放了珍珠粉广告，上海《新民晚报》接连报道珍珠粉的神奇功效，一下子催红了珍珠粉。珍珠粉订单像雪花般飞来，让珍珠粉厂赚得盆满钵满。

父亲与机会失之交臂。之后，父亲成了追梦人，一直心心念

念地想创办一家珍珠粉厂。

堂舅建生在城西公社结识了一位朋友,他说凭他的关系,可以把珍珠粉厂审批下来。父亲觉得有戏,于是就安排大哥、二哥去了上海,买来了粉碎机、球磨机,接着又去诸暨电热仪器厂购置干燥箱。硬件、软件都安排妥当,开始申报。当时想开办珍珠粉厂的一哄而起,主管部门控制数量,父亲的愿望最终没有实现。

堂叔何建去绍兴皋埠收购珍珠时,认识了石渎村的书记,书记希望与何建叔合伙开办珍珠粉厂。但一直养珍珠卖珍珠的何建叔,哪有心思办厂,于是就介绍给父亲。经过双方多次协商,父亲和石渎村合资办起了珍珠粉厂。我大哥作为技术人员,在石渎村待了一年多。再后来,珍珠粉批准文号由"浙卫药发"升级为"浙卫药准字",人员、设备设施以及软件的提升,

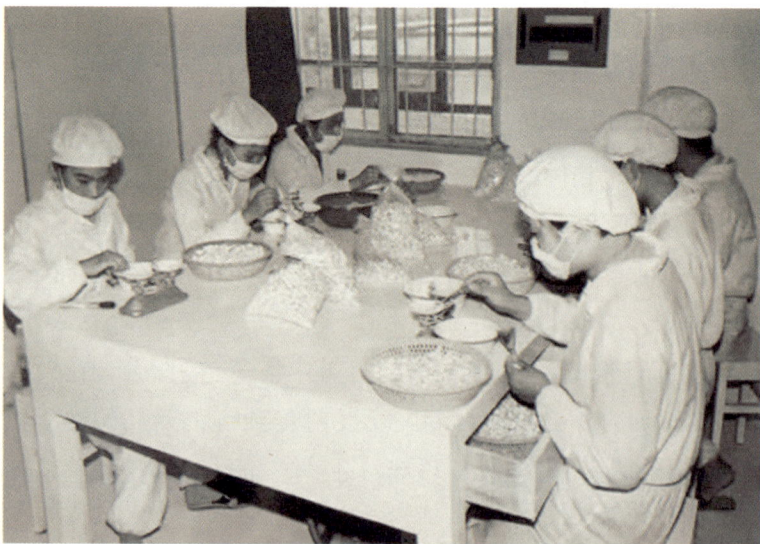

早期珍珠粉生产场景

需要投入颇多的资金，父亲考虑再三，最终把股份转让给了石渎村。

父亲的梦，并没有因为他的离去而变成断线的风筝。我咬着牙，用尽全力，紧紧地拽住了这根风筝线……

如今，我终于圆了父亲的梦，一鼓作气地拿到了口服珍珠粉GMP证书，以及化妆品珍珠粉生产许可证。我一定要让这只风筝在宽广无边的蓝天飞得更高，飞得更远。

十一

父亲离开我已经二十七年了，他无法见证他本该见证的许多事情，甚至父亲没有参加我的那场婚礼。

翻看我大哥的结婚录像，我看到了几回回梦里见到的父亲。只见他穿着一新，喜悦之情溢于言表。

大哥结婚的那阵子，父亲或许在想，再过几年，就让儿子们接班，他和母亲带上孙子孙女，放松心情去走亲访友。到牌头看望老朋友许培法，谈谈他的蚊香销售，看看他的玉石加工。再去无锡拜访赵林宝师傅，交流一下繁殖河蚌的经验。顺道又去常州武进探访朱林坤老人，看看他身体是否硬朗。还有上海的三叔、小叔和三姑妈，给他们送上一份来自晚辈的心意……

记得当时大哥结婚的场面甚是豪华，四十五桌酒席，热热闹闹了好几天。父母亲非常注重面子，即使那时家道已在走下坡路，但为了筹办这次婚礼，父母亲煞费苦心，甚至还向堂舅借了钱。

今天，父亲，我把我的婚事跟您做个汇报。我的婚房就设在

大哥延安结婚场景

您建造的旧厂房内。我把那里简简单单地装修了一下，简简单单地搞了一个仪式。

我想，倘若您还健在，在我结婚的大好日子里，您肯定会放下手中所有的活，里里外外替我张罗。您一定会去理发师那里焗个油，让虚假的黑发掩盖你过早透支的青春。您一定会让我写信给上海的三外公、小外公和三姑婆，邀请他们来喝您三儿子的喜酒。婚庆的当天，您和母亲一定会端坐在客厅的上座，接受我们小两口的叩拜。您一定会开心得合不拢嘴，从怀里掏出红包给您的小儿媳妇。至少会有五十桌的排场，要热热闹闹好几天。

父亲曾目睹他的好友詹仲华、何忠钟创办了诸暨第一个珍珠市场——广山珍珠市场。后来，乡政府办起了第二代珍珠市场，在新市场开业的那几天，还发生了一桩跟父母亲有关的辛酸事……

珍珠市场更新换代，父母亲也在第三代、第四代珍珠市场里收过珍珠。

但父亲没有看到，山下湖集镇从凤山脚下南拓至广阔的西泌湖，建起了第五代珍珠市场。父亲更不会想到，香港民生集团投资几十亿兴办了诸暨华东国际珠宝城。

父亲，我告诉您，在您去世后的几年，山下湖超越江苏渭塘，成为"中国珍珠之都"。

父亲，我告诉您，山下湖诞生了中国珍珠第一股。

父亲，我告诉您，山下湖成功培育出淡水有核珍珠，堪称一项伟大的"爱迪生发明"。

父亲，我告诉您，2020年的11月13日，您的故友詹仲华、许培法、何金云等，应邀出席了第一届世界珍珠大会。央视主持人

世界珍珠大会

杨澜主持盛会，世界淡水珍珠博物馆正式开馆，全世界不同肤色、不同语言的珠宝大亨齐聚山下湖珍珠小镇。

这一切，父亲您知道吗？

二十七年来，我一直在寻寻觅觅，沿着您划过的水路，循着您走过的小径，试图寻找您生前的足迹。

我只能在梦中见到您，我只能用文字留住您。《澳门商报》刊登了一篇关于您养蚌育珠的故事，题目叫"寸草池塘起雄风——寻觅诸暨养蚌育珠的先行者"。

我开始讲述您的珍珠故事，您已经变成一个个故事，变成了《寻找白塔湖的遗珠》，变成了《那一次辛酸的珍珠贩销》，变成了《孕沙成珠》……

您知道吗？父亲，后来您的名字出现在新长乐村文化礼堂。后来，您的名字出现在《山下湖镇志》。后来，您的名字出现在《诸暨市志》。

…………

《澳门商报》上的报道

开壳器

　　我收藏着一件古铜色的旧物,它的形状似英文字母A,前端扁扁的像鸭子嘴巴。这是一件养蚌育珠的常用工具,学名"开壳器",俗名"起壳钳",用于河蚌开口,那些年我父亲一直将它随身携带。

一

　　父亲总是起早摸黑,起床后的第一个任务就是去蚌塘看蚌。

　　借着稀稀疏疏的月光,父亲走向船埠头,老布鞋蹭着地面发出"沙沙"的声音,鸡叫声、狗吠声响彻整个村庄。

　　小船静静地躺在湖面上,沉浸在它的美梦之中。父亲踮脚轻轻走进船艄,划船起航。划桨随着父亲的手

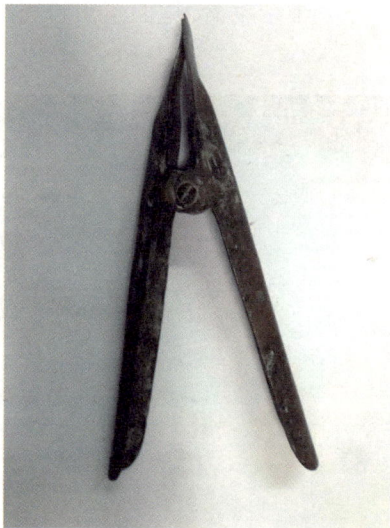

种蚌工具——开壳器

势，一会儿钻入水中，一会儿浮出水面。小船借力前行，穿梭在弯弯的河道上，片刻就到了我家的蚌塘，一处叫"蝴蝶角"的水域。

黑暗散去，水面上浮出一根根纤细的竹桩，像一根根细小的针插在湖面上。竹桩前后左右排列整齐，远远望去，一排一排的，像一支列队的哨兵，中间保持着可允许船只畅行的间距。竹桩大半在水中，露出水面的仅剩一米左右的高度。光滑翠绿的毛竹经历了岁月的洗礼，变得灰黑暗皱。随着水涨水落，可以清晰看到竹桩上一道道被水蹚过的痕迹。手指般粗细的尼龙绳，串起对面的另一根竹桩，中间挂着一个个用塑料瓶做的浮球。浮球在水藻的侵蚀下，表面积了一层污垢，已经看不清原来的颜色了。

浮球下面挂着的是一个个黄褐色的河蚌。这貌不起眼的河蚌是一个个生命，里面蕴藏着美丽的珍珠。

珍珠生态养殖

父亲和往常一样，快速地把河蚌捞出水面。离开水面的河蚌瞬间像小孩尿尿那样，从体内排水，这是河蚌的生理反应。父亲双手牵拉着尼龙绳下面的河蚌，逐个仔细地检查。倘若遇到排水不畅的河蚌，那河蚌肯定有异恙。此刻，父亲像个出诊的医生，掏出裤袋里的"诊疗器"。那是一个像古董一样的器具，古铜色，表面光滑锃亮，形状似英文字母A，前端扁扁的，像鸭子嘴巴。父亲用手一捏，"鸭子嘴巴"就会自动张开。父亲把"鸭子嘴巴"插入河蚌的开口处，轻轻弹开河蚌，透过那层缝隙，可以检查出河蚌体内的基本状况。食管变细会影响河蚌进食，斧足变色说明有细菌感染，倘若有空壳的声音，说明这个河蚌已没有生命体征了。父亲会根据河蚌不同的病情开出不同的良方。

小小的开壳器不仅是一个"诊疗器"，还是检查身体的"B超仪"。20世纪80年代初，父亲在后岸村培育三角帆蚌，孵化池设在后岸村口长塘。4月过后是河蚌排卵的季节，用开壳器轻轻弹开母蚌，可检查母蚌排卵情况。排卵后，白色的钩介幼虫点点滴滴寄生在鱼鳃上，父亲像蜜蜂一样忙碌在孵化池中"采蜜"，一个个指甲大小的小蚌从这里走向珍珠养殖基地。

到了河蚌插种珍珠时，开壳器就更加忙碌，不知道有多少只河蚌需要开壳植片。开壳器就像医生动手术的器械，给河蚌开壳、加塞、洗污、挑片、创口、送片、整圆、去塞……完成珍珠插种，始终离不开开壳器。

开壳器，它见证了孵育河蚌新生命的过程，见证了河蚌的生长过程，也见证了河蚌孕育珍珠的过程……一粒粒璀璨夺目的珍珠从河蚌体中"呱呱落地"。价值昂贵的珍珠造就了一笔笔非凡的财富，怪不得父亲视开壳器如宝，始终不离不弃地把它

藏在裤袋里。

有一次，父亲竟意外失手，一不小心将开壳器掉落于水中。那是初冬季节，湖水冰冷。父亲不假思索，一个纵身跳下

种蚌工具——手术刀

冰冷的湖水中，用脚蹚着掉下的位置，屏住呼吸钻入水底，双手不停地在淤泥中摸寻。一会儿父亲探出水面，吸了一口气，又钻入水底。这样好几个来回，父亲凭着水性和悟性，终于找到了他的"宝贝"。此刻，父亲的脸色显得苍白，嘴唇开始发紫，而眼神里流露出来的却是异样的欣喜。

失而复得，愈加珍贵，父亲小心翼翼地将它珍藏着。

时光流逝，开壳器早已失去了原来的光泽，变得锈迹斑斑。而与它朝夕相伴的主人也离开了人世，曾经的心爱之物竟变成了遗物。

开壳器，在别人眼里，是一件一文不值的旧物。但是因为父亲，我一直把它珍藏着，那上面留有父亲的指纹，留有父亲的体温，只要我用手轻轻一捏，就能感应到父亲的信息，就会看见父亲在蚌塘里忙碌的那一幕幕情景……

二

20世纪70年代，父亲养过蜜蜂，结识了一批养蜂的朋友，有广山大队的詹仲华、何才芳，长山大队的何德超，詹家岙大队的詹才芳。他们平时会像蜜蜂采蜜一样，成群结队到我家来串门。

后来我父亲还与詹仲华在广山新沥湖合伙养过蚌，我对这件事记忆犹新。父母亲在广山养蚌的时间是在秋后，他们在那里待了一个多月。那年我才五岁，父母亲没有时间带我，就把我托付给绍夫的小弟绍忠，是他带着我在村里闲逛……我还记得仲华叔的两个儿子红波和小波，兄弟俩年龄和我相仿，非常喜欢玩，他们把家门口的马路当作玩场，玩得满身都是污垢，回家后就偷吃家里的"蟠桃圣果"——养蜂用的白糖，嘴边沾满了一粒粒白糖。

1979年的某一天，仲华和往常一样到我家串门，他一跨进门槛，就看到桌子上放着一只碗，他以为是茶水，端起碗想喝口茶。忽然，他眼睛一亮，见碗里发出亮光。他惊呆了，揉了揉眼睛，以为自己看错了，又凑近细看。只见那发光体比米粒还大，青白色，表面光滑如镜。仲华好奇地问我父亲："柏荣，碗里会发光的是什么宝贝？"我父亲忍不住笑了，回话道："仲华，这是珍珠，鸡冠蚌里养出来的，你可不要小看它们，价值可不菲，碗里的这些珍珠起码值上千元。"上千元？仲华以为自己耳背，再次问道："柏荣，可以卖一千元？"我父亲补了一句："要是遇到行情好时，还不止一千元呢。"仲华顿时失落了："我当了十多年的生产队长，最出色的强壮劳力一年收入也不过几百元。"我父亲见仲华脸色异常，知道他心里在想什么，就开导着说："仲华，广山大队有没有好点的水域，我们一起合伙养珍珠。"听到我父亲这么一说，仲华脸露笑容，激动地说："柏荣，好啊，当然好啊！我这就回家去看水域，我问你要一粒珍珠，给家里人开开眼界。"我父亲二话不说，随手往碗里一抓，抓了几粒珍珠递给仲华。仲华把

"宝贝"攥在手心,将拳头伸进裤兜,唯恐"宝贝"从手里掉落。

回到村里,仲华一刻也没有休息就去了他姐夫何忠钟家。仲华把忠钟引到一处角落,他摊开手心,指着手里的"宝贝"对忠钟说:"姐夫,这是珍珠,从河蚌里养出来的,价格可以卖到1000多元一斤。"忠钟探头过去,瞪大眼睛瞧了瞧。仲华又说道:"这几粒珍珠是长乐大队柏荣送我的,他说可以合伙养珍珠,要我寻一处养殖水域。"忠钟说:"这倒是件好事,那养殖水域有没有具体要求?"仲华思索了一下,回话说:"柏荣说水质要好,水的流动性要好。"忠钟没有吭声,闭了闭眼睛,沉思了一会儿,脑海里像是在翻阅广山大队的地图,想寻找一处最佳落脚点。"有了,我们大队新沥湖那片水域倒是可以。"忠钟像发现新大陆似的兴奋起来。"我也觉得那片水域不错,明天一早我们就去找柏荣。"仲华眉开眼笑地附和。

次日清晨,我父亲打开正屋大门,抬头一看,吓了一跳,门口竟然站着两个人,正是仲华和忠钟,父亲急忙将他们迎进屋。还没等他们坐下来,仲华就急着说道:"柏荣,我们是来邀请你去看养蚌的水域,辛苦你一趟。"说完,就拉着我父亲一起去了新沥湖。

父亲跟着他俩到了新

父亲好友詹仲华

沥湖，当看见不远处的新沥湖电排站时，父亲的目光久久地驻停在那里，回忆起那段辛酸的历史。那是1977年的夏天，当时的政策规定只有国营和集体单位才能养珍珠，父亲由于私养珍珠被割"资本主义尾巴"，在新沥湖电排站里关了几十天。这时，仲华见我父亲没有吭声，便问我父亲："柏荣，你觉得这里可以养珍珠吗？"我父亲回过神来，眼神落在河塘上，又沿着河塘走了一圈，回话道："这片水域藻类丰富，流动性好，附近又有电排站，不用担心水源。"并表示愿意一起合伙养蚌，无偿提供养蚌育珠的技术。水域看好了，那蚌源呢？无米下锅啊！父亲为蚌源而思索着……见两人养蚌的决心坚定，就对他俩说："这片水域至少可以养五千只珠蚌，需要一万五千多只淡蚌，我们大队的将青，刚从余姚挖来了一批鸡冠蚌，品质蛮好，不过价格有点高。"仲华迫不及待地开口说道："柏荣，珍珠行情这么好，水涨船高，蚌源价格高点不要紧，我们赶季节早点安排插种。"就这样，他们以每只一元的价格向将青买了一万五千只鸡冠蚌。仲华的朋友们听说仲华要养蚌，就筹集资金跟着仲华一道合伙养蚌。

1979年秋，稻穗花开，在新沥湖边上的一个临时搭建的草棚里，我母亲带着徒弟们开始插种珍珠。忠钟的大女儿巧芬，初中刚毕业，拜我母亲为师，学起了种蚌。这一年，大家

作者母亲何月娜的徒弟何巧芬

合伙养了五千四百多只珍珠蚌。仲华他们日夜轮流看护,我父亲隔三岔五去塘头指导。

来年冬,我父亲跟仲华说:"可以起蚌采珠了。"仲华安排好船只开始起蚌。村民们听说要采珠,都来看热闹。当时的场景就像新娘子进门,"迎亲队伍"热热闹闹进了仲华家。剖蚌取珠时,村民们里三层外三层围个水泄不通。每剖一个,欢呼声一片,好似球迷们在看球星投篮命中时那样兴奋。这次共采珠三十六斤。那年的珍珠行情下滑了一点,经我父亲介绍,这批珍珠卖给诸暨县外贸公司,售价为七百元一斤,每户分得二千八百多元,仲华他们掘得人生的第一桶金。

之后,仲华叔和我父亲还有过许多合作,合伙繁殖小蚌,联办吸塑厂……后来,仲华叔在诸暨珍珠界创造了两个第一——创办了诸暨第一个珍珠交易市场和第一家珍珠粉厂。如今,七十出头的仲华叔仍然活跃在珍珠这个大舞台上。

二

20世纪70年代初,我们这里还没有开人工繁殖河蚌的先河,只能利用天然河蚌来育珠,蚌源需依靠人工去天然湖泊里挖寻。挖蚌工具是自制的长柄六齿铁耙,耙刺上粗下尖,锋口尖利,看上去像猪八戒用的那把九齿钉耙。耙柄细长,富有弹性和韧劲,一般采用油竹制作而成。挖蚌时,先在船首和船尾附近的窟

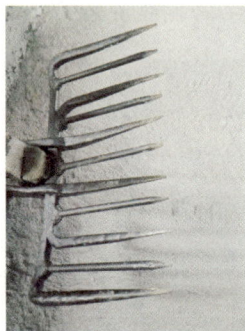

挖蚌工具——钉耙

窿里插入竹桩，保持船只稳定。挖蚌全凭感觉，铁耙下水后，从左到右，从右到左，在泥中来回推行。耙到石头时的感觉是硬邦邦、沉甸甸的，倘若"石头"像皮球那样能漂浮起来，那就是河蚌。

一到农闲时，我们村的农户就去附近的白塔湖，或结伴去萧山、余姚等地挖蚌，挖来的鸡冠蚌以每只几毛到一元不等的价格出售，或者留着自己插种珍珠。孟校就是当年的挖蚌大军中的一员。

白塔湖中央有一条长一千米、宽六十米左右的河流，我们称它为横江，又叫腰带江。江北是何家山头大队的农田，南面是我们长乐大队的农田。而孟校所在生产队的田块刚好在中间位置，这里是整个白塔湖地势最低的农田，俗名岔鱼爿。每逢雨季，田里能看到成群结队的岔鱼在漫游。白塔湖电排站以这方田作为水位标准，如果湖水没过农田，就启动电排。故这方田的叫法多以烂字当头，如烂塘底、烂四亩、烂六亩等。因为地势，江底淤

早期养珍珠鱼塘

泥沉积较厚，有利于鱼蚌生长。这条江里的蚌源不仅丰富，而且容易挖。而沥下江、大江口、小流尾巴等水域，不仅蚌源少，而且非常难挖。原因是这些水域流动性大，河床淤泥较薄，全是香灰泥，挖到的蚌大多数是老蚌，整个蚌体外表黯淡，蚌壳上楞发白，顶上的鸡冠像老年人的牙齿早已掉落。切开河蚌，里面的蚌肉像一块黄膘猪肉。当时由于经验不足，以为任何蚌都可以插种珍珠，没有经过挑选，就把大小不一的鸡冠蚌混放一起。过些天去看，老远就闻到一股腥臭味，仔细检查，发现这批蚌早已死亡。

为此孟校特地请教木根外公和我父亲，他俩也犯过同样的错误，就把自己的经验告诉孟校。适宜育珠的河蚌体重为三两至五两，蚌龄为半年到一年，我们称之为嫩蚌。嫩蚌外表微黄色，新鲜光亮，顶上鸡冠长得铿锵有力，吐出来的外套膜像婴儿的舌头那样娇嫩无比。蚌龄很容易鉴别，像树轮一样，一年生长一圈，蚌壳的表面清晰可见棱线。挖来的鸡冠蚌需要寄养半个月以上，称为暂养适应期，等到蚌体健壮后再去插种珍珠。

学到这个秘诀后，孟校把挖来的鸡冠蚌挑选一番，挑出的老蚌用作鸡鸭饲料，嫩蚌寄养在水塘里。寄养一般是吊养，考虑到毛竹成本大，孟校就把小竹竿往塘里一插，再拉上几根尼龙绳连接，约两米一个间隔，可以吊养十到十五只嫩蚌。横向间隔有一米多，能保证小船进出无阻。蚌体离水面二十多厘米，因水面上氧气充足、饵料丰富，有利于河蚌生长。暂养期过后，需进行分类，三只一组，由二只小片蚌和一只育珠蚌组成。

那时，整个湖区只有冬英外婆和我母亲两人会插种珍珠，冬英外婆植片，我母亲切片。种蚌师傅是高级技工，每天三元工资，相当于县处级干部的工资。餐桌上有鱼有肉还有老酒，待客之道像新媳妇第一次进门，午间还有点心——一碗冰糖桂圆里面躺着两个白白胖胖的鸡蛋。

冬英外婆和我母亲在孟校家插种了五天，那是提心吊胆的五天，因当时政策规定私人不能养珍珠，孟校关着房门插种珍珠，并让他老婆刘留芳在门口放哨。这次一共插种了二百五十只珍珠蚌。孟校在蚌壳上刻上自己的名字和插种日期，寄养在他家屋后的池塘里。

过了一年，这批蚌采珠一斤三两，以每斤五百七十元的价格卖给江苏省常州市药材公司，共计人民币七百四十一元。这是孟校一生中见到的第一笔巨款，由此孟校开始了他的珍珠人生。

四

1982年春节刚过，我们家来了一位客人。他是一位中年男子，个子不高，穿着一件崭新的中山装，一顶黑色的鸭舌帽盖住了一头短发，只露出一张圆圆的大脸，面目慈祥，脚上的那双大头皮鞋锃亮锃亮，踩在地上扬起灰尘，灰尘又沾满了鞋身。他看上去比我父亲大几岁。听父亲说，客人名叫赵林宝，是从江苏省无锡市过来的。1981年诸暨县农业局渔政水产站从江苏无锡引进人工繁殖三角帆蚌技术，赵林宝是技术人员，父亲在那时认识了赵林宝，并邀请他来家里作客。

桌子上放着一只黑色的人造革包和一只白色塑料袋，公文包鼓鼓的像个皮球；透明塑料袋里面一览无余，装着一个个火柴盒大小的金黄色点心，像一个个小蛋糕，外皮光滑油亮。赵林宝

指着塑料袋对我父亲说："柏荣师傅，匆匆而来，也没带什么，这点心意送给你。"赵林宝的声音像苏州评弹那样悦耳。父亲客气地回了一句："让你破费了。"又拉着我说道："快叫赵伯伯。"我叫了一声"赵伯伯"。父亲和赵伯伯聊得火热，交谈中都夹杂着自己家乡的方言，但都能听懂对方讲的话。我悄悄地挪了挪腿，朝桌子方向走去，伸手摸了摸塑料袋，又偷偷地瞄了他们一眼。我在想，倘若把一块金黄色点心塞进嘴里，那味道肯定像香浓诱人的奶油蛋糕那样甜蜜丝滑。这样想着，我的口水一波接着一波，像朵朵浪花在嘴里翻滚，我强制自己咽了咽口水。这时，父亲推着自行车要出门，赵伯伯跟在父亲身后。我见他们走远，小心翼翼地解开塑料袋，斜着眼睛瞄了一眼门外，迅速取出一块金黄色点心放进嘴里，一口咬下去，大口地咀嚼，甜的？咸的？酸的？辣的？无论我怎么嚼，也嚼不出一丝丝味道。含在嘴里进退两难之时，听到外面传来声音，见我母亲正朝这边走来，我皱了皱眉头，把这块金黄色点心吞咽了下去。

听母亲说，父亲要和赵林宝合伙养殖三角小蚌，这会儿正在找孵化池。

父亲骑的那辆二十八寸自行车，是他的御驾宝座，跟着父亲南征北战。这些年父母亲养蚌育珠赚了钱，家中添置了永久牌自行车、十四寸金星彩电和四喇叭录音机。父亲平时将车子的三脚架、书包架用塑料纸包扎好，防止蹭破车子表面油漆，自行车的平时维护在担任村电工的父亲手里根本不成问题。自从有了自行车，父亲出门便捷了许多。

养殖小蚌必须有流水环境，父亲和赵林宝四处寻找这样的水域。辗转数日，他们才在后岸大队村口发现，有一方池塘较为合适。池塘上游是山丘，下游是农田，池塘跟农田有几十厘米落差，可以引水入田，符合搭建孵化池的要求。我母亲在后岸大队有位表姐夫叫钱朝吉，父亲去了他家。见到表姐夫，说明来意后，钱朝吉就带着他俩去了大队，大队干部听说要养殖小蚌，当即表示支持，双方商量好了租金，父亲租下了池塘。

孵化池有了着落，父亲的第一件心事落地。回家后，母亲端上一盘油豆腐烧肉，父亲和赵林宝两人开始对酌。我端着饭碗，将筷子迫不及待地伸向油豆腐。只见金黄色的油豆腐染成了酱红色，入口鲜香，内如丝肉，细致绵软，富有弹性，越嚼越有味。

这时，金云走进我家。每天这个点，金云定会准时到我家高谈阔论一番。金云是我父亲的患难朋友，早些年，他俩和忠钟、均水四人去绍兴皋埠收购珍珠，当时政策规定珍珠是国家统购统销的商品，不允许私自买卖，结果他们四人被绍兴市公安局以投机倒把的罪名拘留了二十六天。金云见我父亲和陌生人在喝酒，不好意思打扰。他正准备离开，被我父亲叫住："金云，坐，坐。我来介绍一下，这位是江苏无锡的赵林宝，养殖小蚌的师傅，我俩已商量好，一起合伙繁殖小蚌，养殖基地也已谈好，就在后岸大队村口的长塘。"金云一听要养殖小蚌，便坐了下来。我父亲起身从厨房里拿出碗筷，给金云倒了碗老酒。金云心里在想，我们这里全民开展养蚌，光靠江河湖泊的自然蚌源早已满足不了需求，人工养殖小蚌可以解决珠农的养殖困境，是件好事。于是金云说服我父亲和赵林宝，也加入了这支队伍。我父亲跟金云说："金云，我和赵林宝负责养殖小蚌，你口齿伶俐善于和人打交道，就负责小蚌销售。"

就这样我父亲开始了他的第一次人工养殖三角小蚌经历。

　　长塘面积有二十多亩，像一块白色绸带从山脚边一直铺到公路边，山上的水源源不断流向长塘。清明过后，父亲在长塘下游的农田里搭建了一个草棚，里面砌了二十个孵化池。孵化池方方正正的，一米见方，池深二十厘米，池子底下和四周铺设了一层塑料薄膜，一根水带环绕二十个池子，每个池都设有进、出水口。长塘边上放置了一只网箱，里面养了一批汪刺鱼。这些汪刺鱼经过严格筛选，长度都在十五厘米以上，用作寄主鱼。父亲和赵林宝在我们家的蚌塘里挑选母蚌。这时，赵林宝像一位产科医生，他用开壳器打开母蚌的口子，再用竹片拨开里面的斧足，检查三角帆蚌的生殖腺，雄蚌的精巢呈乳白色，雌蚌的卵巢呈淡黄色。母蚌的蚌龄要求在三年以上，挑选出腹肌饱满、体质健壮、闭壳力强、色泽光亮的母蚌，按照二雄一雌的比例寄养在池塘里。等气温回升到20℃以上，晌午时分，父亲和赵林宝从池塘里捞来母蚌和汪刺鱼。把母蚌放进面盆里，此刻，母蚌懒洋洋躺在暖床里，温暖的阳光和煦地照着母蚌。一会儿，蚌体中缓缓排出黄色黏液。等母蚌排空卵，便取出母蚌。父亲用竹片轻轻搅拌黏液，再放入汪刺鱼。稍许，父亲用放大镜照了一下汪刺鱼的鱼鳃，见鳃丝上布满点点滴滴的小白点，就把汪刺鱼放入孵化池。这时，扎满小孔的水带喷出的水滴落在孵化池中，溅起一朵朵小水花，补充孵化池里的氧气。两周过后，附在汪刺鱼的鱼鳃上的钩介幼虫发育成稚蚌，随即脱离鱼体，沉入孵化池。父亲把汪刺鱼全部捞走，在水带上又开了一些小孔，增加排水量补充池内氧气。一个月过后，就可以清晰看到小蚌体内的黑色食管。等小蚌长到两厘米左右，再移到网箱里生长。

　　毕竟是新娘子上轿头一回，那次一共存活了六万多只小蚌。

从那回开始,父亲就年年养殖小蚌。

五

在20世纪80年代,山下湖通往诸暨的公路是一条坑坑洼洼的沙石路。每天只有几趟少得可怜的班车,二十多公里的路程要跑近一个小时。车子摇摇晃晃行驶在马路上,突然会来一个"大背包",乘客的心"嗖"地往上提,吓得冷汗直流。要是晴天,车子扬起的灰尘像放烟幕弹似的,行人纷纷转身,捂住嘴鼻;下雨天,只听见"啪"的一声,溅起的脏水泼在路人的身上,路人看着已经跑远的车子,再看看自己身上的一片污水,一筹莫展。

末站是山下湖车站,车站旁边有座铁索桥,说起这座铁索桥,我一直心有余悸。记得我第一次走铁索桥,感觉像在荡秋千似的,两腿发软,心惊胆战。桥头有个马路市场,这个马路市场非常有特色,卖的都是河蚌。我在江藻上初中的那年,星期六下午回家都要路过这里。看到路边摆满了面盆、脚盆,还有箩筐,里面全是鸡冠蚌、三角蚌。这些河蚌大的有我手掌那么大,小的跟指甲一般大小。听珠农们在谈价,鸡冠蚌几分钱一只,三角蚌两毛钱左右一只。听说这里每天河蚌成交量有几十万只,农户买去用来养蚌育珠。

长乐村有位珠商叫何祖本,他先前是个挑担跑江湖的草头郎中,这几年跑外贸公司卖珍珠发了财,他出资给村里修了水泥路,听说他曾动用过诸暨县政府唯一的吉普车帮他去杭州银行运钞。他用敏锐的眼光看到这个商机,决定建一个大型的小蚌养殖基地,支持家乡发展养蚌育珠业。他找到村里的两位养蚌

育珠专业户，一位是我父亲，还有一位是木根外公。正好他俩也在商量着一起养殖小蚌，三人一拍即合。祖本决定出资四万元，委托我父亲、木根外公、正传外公、志均负责管理。

我父亲和木根外公在蝴蝶角水域有一处珠蚌养殖基地，这批珠蚌成了培育小蚌的母蚌。蝴蝶角对面有个岛屿，被村里人叫作"台湾岛"。"台湾岛"是七队何志瑞的人口田，面积有六亩多。孤岛四面环水，进出水方便，有利于管理。我父亲他们四人便向志瑞租来了"台湾岛"，作为小蚌养殖基地。

年产一亿只小蚌，需收购几千斤汪刺鱼，这个任务就落到志均身上。四人当中志均年纪最小，他二十出头，是个高中生，年轻又勤快好学。他先是在附近菜市场里一条条收购，杯水车薪，根本无济于事。后来又去了萧山临浦、义桥、闻堰菜市场收购，每天早上天蒙蒙亮就出发，自行车后面挂着两只塑料桶，早出午归。但数量还是有限，多的时候有十多斤，少时只有几斤。他从一位渔民口中得知绍兴竹水排汪刺鱼较多，于是志均骑上自行车去了竹水排。果不其然，那边每天可以收购几十斤汪刺鱼。志均索性在那里蹲点收购，在河里挂了一只网箱，用来寄养汪刺鱼，又租了一条乌篷船作为居住场所。

珍珠养殖公司工作证

　　每年7月份是汪刺鱼的活动旺季，也是蚊子繁衍的季节，乌篷船成了蚊子歇息之地，每晚志均会被蚊子咬醒。竹水排渔民每天下午3点准时出船去捕捉汪刺鱼，他们对汪刺鱼习性了如指掌。渔民在河里挖好坑后，在水上做好标识。到下午5点钟，汪刺鱼会习惯性地躲进坑内。渔民找到记号，用高脚鱼篓对准位置罩下去，只听见一阵"吱吱"的叫声，捞上来好几条汪刺鱼。渔民出船一次捕捉到的汪刺鱼数量可观，多则七八斤，少则三四斤，价格为六七元一斤。收购来的汪刺鱼集中养在网箱里，达到一定数量，再送往养殖基地。

　　在网箱里的汪刺鱼并不安全，志均最担心的是下雨天。一下大雨，周边纺织厂的废水排放下来，造成河面污染，汪刺鱼会因缺氧游到水面上。严重缺氧时，大批汪刺鱼会死亡。为了增氧，志均用脸盆不停地在河面上泼水，"哗哗哗"，水面上溅起朵朵水花。这时，志均已是满头大汗，汗水"滴答滴答"落在河面上，最后他气喘吁吁地瘫坐在乌篷船上。他看着汪刺鱼在水中痛苦地挣扎，然后死去。

　　每当雨后，竹水排一带的居民都会在河边的护栅上歇息，跷着二郎腿，手上夹着两只小杯，一杯是黄酒，一杯是茴香豆。嘴里一颗茴香豆，抿上一口黄酒，悠闲地谈论着国家大事和乡间传闻，简直就像当年孔乙己在咸亨酒店喝酒的那范儿。当看到志均在捡死去的汪刺鱼时，他们开口就像唱越剧似的，优雅地说道："老板呀，我们买不起活的汪刺鱼，死鱼弄条给我们尝尝吧，浪费太可惜。"每当这个时候，志均会大大方方地送上几条已经奄奄一息的汪刺鱼。

　　经过志均半年多的努力，几千斤汪刺鱼已安然驻扎在"台

湾岛"边上的网箱里，很快就可以进入人工养殖小蚌环节。我父亲和木根外公不愧是第一代珠农，经过几个月的日夜辛劳，成功繁育出七千多万只幼蚌。

七千多万只小蚌，这是一支庞大的队伍。如何保证七千多万只幼蚌顺利生长，成了一大难题。于是，他们四人坐下来一起商讨，最后开出解决难题的两个方子：一是加大水的流动量，二是增加水中的营养。水泵二十四小时不停地抽水，孵化池上的水带逐步增加出水量。等幼蚌长到半厘米左右时，"胃口"越来越大，营养要及时跟上。磨好的豆浆经发酵后，喷洒在蓄水池水面上；发酵后的油菜饼，堆放在蓄水池边上，随着水的晃动，缓慢释放在湖水中。这些腐烂物在高温下会快速培养出微生物，用来解决河蚌生长所需食料。就这样，七千多万只河蚌茁壮成长着。

基地需二十四小时看守，要保证水泵正常供水。晚上，由志均和我二哥延伟值班。河蚌繁殖季节也是鱼的繁殖季节，出水口二十四小时不停地排水，白塔湖里的鱼会顺着出水口逆水而上进入蓄水池。尤其是在雷雨过后，成群结队的鱼进入蓄水池中。只听见"噼噼啪啪"的声音，一条白鱼在蓄水池里来回打挺，看上去有一米长，这条鱼就成了志均和我二哥的囊中之物。蒸好鱼，买来半斤花生米，要上两瓶西施啤酒，两人开开心心地享受着美食。

为了改善夜生活，我二哥把家里的四喇叭录音机带到管理房里。两人听着邓丽君优美的歌曲，在清风明月下、凉风习习中，哼着小曲，跟着鱼儿一块歌唱。

六

"根娣姆妈，给我买点经票。"正在念佛的根娣姆妈听到我的声音，翕动着的嘴唇僵在那里，用星星闪耀般的眼神朝我看来，张开宽嘴说道："清明了，去山上看看你父亲，多烧点纸钱给他。"我应了一声："嗯。"

老邻居中比我长一辈的，我都尊他们叫舅舅和舅妈，唯独培灿和根娣两夫妻我尊呼他们为阿伯、姆妈。

培灿伯和根娣姆妈两人育有三儿一女，名字听起来个个铿锵有力，老大力勇，老二力群，老三力强，小女力亚。兄妹四人跟我们兄弟仨年龄相仿，是从小玩到大的好朋友。我们两家虽不是亲戚，但相处得比亲戚还要亲密。互相帮衬着种田割稻，一道去交公粮，一起养蚌育珠……说到一起养蚌育珠，如今八十七岁的培灿伯还一直在称颂着我的父亲。

改革开放后，我们这里家家户户养珍珠，培灿伯看到邻居们靠养蚌育珠发家致富，盖楼的盖楼，买摩托车的买摩托车，他整天愁眉苦脸地干着急。根娣姆妈是上海支农青年，除了会烧饭洗衣，还会做大饼油条，邻居小孩都叫她"大饼妈"，但她一点农事也不会做。养活一家六口的担子压在身高不到一米六的培灿伯身上，四个小孩尚在读书，只有他一个人劳作，收入甚微，生活十分清贫。我每次去他们家，饭桌上不是青菜就是腌菜。

初秋的某一天，我父亲正在出售一批三角小蚌。培灿伯见我父亲一个人忙不过来，就在一旁帮忙。两厘米以上的小蚌每只五分钱，珠农们你一万只、我两万只地争相购买。父亲让培灿伯留一面盆小蚌放在角落里，并用稻草盖住。不一会儿，二十多

万只小蚌售罄。一位珠农想买一万只小蚌，来晚了一步，他东翻西翻把所有的箩筐看了一个遍，见里面空空如也，便央求父亲帮忙想办法，父亲就把他介绍到尚山大队渔业队邹昌德那里。这时，培灿伯拉了一下我父亲的手，示意面盆里还有小蚌。父亲笑了笑，没有理会。等那位珠农走远，父亲告诉培灿伯："这面盆小蚌是送给你的，明年秋天就可以插种珍珠。"培灿伯听到父亲这样说，激动地说道："柏荣，这多不好意思，上次为了孩子们读书报名，还问你借了二百元钱，一直欠着呢。""没事，没事，你的宅基地批下来都好几年了，一家六口挤在一间老房子里。孩子们长大了，你要有个打算，这批蚌养下去，争取过几年建新房。"父亲语重心长地跟他说。

父亲在自家蚌塘里留出一片水域给培灿伯养蚌，又送了他十只网箱。父亲在网箱底部稀稀疏疏地放了些河泥，把这批小蚌均匀地散在河泥上，指甲大小的小蚌悠闲地躺在泥床上。网箱在水中冒着水泡缓缓下沉，在距离水面二十厘米左右，培灿伯把网箱固定好。到了秋末，父亲提醒培灿伯，网箱里的小蚌有五六厘米了，要赶紧分养出去。培灿伯下水一看，果真，小蚌的三角向上，附壳肌向下，像一盘铁板蛏子端端正正地立在淤泥中。培灿伯打开网箱，按十只一袋装进尼龙网袋中，吊养在浮球下。第二年初夏，父亲又通知培灿伯，小蚌可以插种珍珠了。培灿伯叫来种蚌师傅，一共插种了六百多只珍珠蚌。这六百多只珍珠蚌，是培灿伯播下的六百多个希望。

插种后的三角蚌至少得养三个年头，三年寒暑，一千多个日日夜夜。培灿伯每天晚上都在做他的美梦。他梦见自己从蚌塘里捞起一个体态丰腴的珍珠蚌，他拿着手术刀切开珍珠蚌，黄

豆般大的珍珠酣睡在外
套膜里，微笑着看着他；
他梦见自己手里捏着一
沓钞票，开心得双手颤
抖，数着数着……他又
想着，有了这笔珠款就
可以归还从我父亲那里
借的二百元钱，再给爱
人买件新衣服，给三个
儿子添件冬衣，给心爱
的小女儿买下她心心念
念的那条跳舞裙……当
然，他最大的心愿是建
造一栋新房。

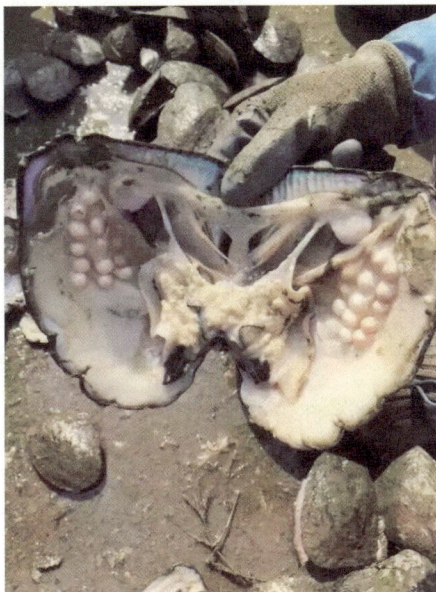

采珠

　　上天眷顾着这户贫苦家庭，三年后的一个冬日，培灿伯起蚌
采珠，共采珠七斤二两，卖了一万五千多元钱。有了这笔资金，
培灿伯的一个个心愿都得以实现。

七

　　父亲出殡的那天，亲人哭天抢地，老天爷禁不住潸然泪下，
化成雨点落在送葬人群的脸上，分不清是泪水还是雨水。四位
"金刚"抬着父亲的灵柩，沿着陡峭泥泞的山路艰难地前行。有
一位皮肤黝黑的中年男子，扶着灵柩跟着"金刚"们的脚步向山
上走去，这位中年男子就是我父亲生前好友许培法。

　　培法叔和我父亲的相识是在1983年的一个夏日，家住牌头区越山乡朱家坞村的许培法听说姚江区西江乡长乐村家家户户都在养珍珠，有好多家庭通过养蚌育珠发家致富，成了"万元户"。在江西伐过木、承包过茶山、种过木耳的许培法跃跃欲试，很想养蚌育珠，他坐上了一辆吱嘎作响的班车，在诸暨汽车站转车到了西江乡的山下湖站台，一路打听找到了长乐村。我父亲何柏荣是长乐村干部，接待了远道而来的许培法。许培法说明来意，即想学习养蚌育珠。父亲笑着答道："这件事啊！不难，我这就带你去蚌塘。"

　　许培法跟着我父亲去参观河蚌育珠，蚌塘在白塔湖中央一处叫蝴蝶角的水域，需划船过去。许培法第一次坐小船，圆底木制小船，有六米多长，宽不到一米，两头尖，中间宽，划起来非常灵活。许培法提脚踏进小船，沉睡着的小船立刻醒了，像荡秋千似的晃动起来，父亲急忙喊道："快蹲下。"许培法连忙蹲下身子，双手死死地抓牢船身。船驶入蚌塘后，父亲从水中捞起几个蚌，指着蚌壳表面的棱线讲给许培法听："这是没有插种过珍珠的淡蚌，这是插种过珍珠的一龄蚌，一龄就是养了一个年头，这是二龄蚌，这是三龄蚌。"父亲接着说："春季气温上升到18℃，河蚌开始生长，夏天是河蚌生长的旺季，冬季河蚌进入冬眠。"父亲顺手切开一只河蚌，这时的父亲俨然一位生物老师，给许培法上起生物课："这是食管，河蚌靠着这根食管吸食藻类维持生命；这是斧足，斧足好比是我们人的双脚，可以自由活动……珍珠长在外套膜里。"父亲耐心地讲，许培法聚精会神地听。

　　父亲接着带许培法去了小蚌繁殖基地，当许培法得知小蚌是由汪刺鱼寄生养殖而成，他嘴里接连发出"啧啧啧"的赞叹声。

　　此刻的许培法最想知道养蚌的收入，我父亲毫不避讳地如实相告："鸡冠蚌养一年就可以采珠，每只产量在一钱左右，一斤鸡冠珠售价在五百元以上；三角帆蚌至少要养三年方可采珠，每只产量有二钱多，一斤三角珠可以卖一千多元，一亩水面可以养一千多个蚌。你弄个五六亩水面来养殖，正常的话，年收入不会少于三万元。"许培法瞪大眼睛听着，嘴里轻轻地说着："暴发户啊！暴发户啊！"

　　回到家，刚好有几位插种师傅在我家种蚌，许培法看着种蚌师傅的一招一式入了迷。

　　临走，两人留了联系方式。父亲把满满的一袋小蚌送到许培法手上，说道："培法，这些小蚌是我自己培育的，送给你，拿回去养着试试。"许培法惊讶地盯着我父亲，心里想道："我初来乍到，柏荣竟如此慷慨。"许培法的眼光停驻在我父亲身上，感动得说不出话来。

　　回到牌头的老家后，许培法又写信给我父亲，希望一起合作养殖小蚌。父亲回了信，在信中说，因为家里忙，实在走不开身，平时抽空定会来指导。父亲还把无锡的赵林宝师傅介绍给了许培法。

　　后来两人一直保持书信往来，父亲也经常去牌头看望许培法，交流养蚌育珠的经验。过了几年，许培法办起了珍珠粉厂。他写信给我父亲，要我父亲在山下湖珍珠市场采购药用珍珠并销售给他。这之后，两人来往更加密切，我父亲几乎每个月都要到牌头送珍珠原料。培法叔的珍珠粉厂生意红火，他又办起了家具厂、蚊香厂、玉石加工厂等。

　　我们两家是世交，2021年这个时候，培法叔夫妻俩专程到

长乐村看望我母亲，送给我母亲一条翡翠项链，祝福我母亲健康长寿。

我有一个心愿，邀请父亲的故友一道叙叙旧……

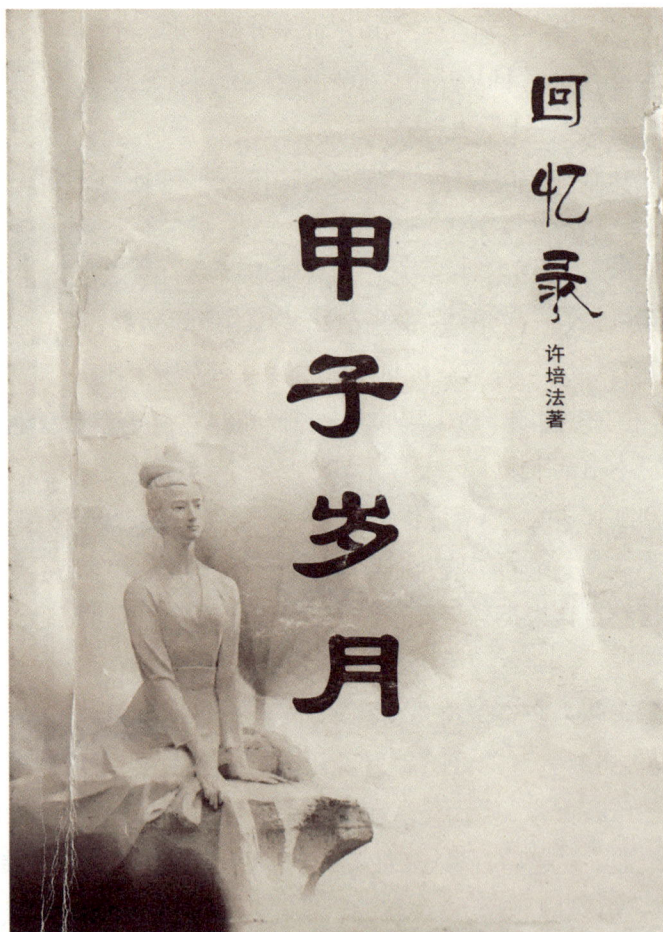

父亲好友许培法的作品

八

1982年金秋的一个早晨，暨阳大地沉浸在分田到户丰收在即的喜庆之中。位于诸暨城关红旗路的诸暨县人民政府大礼堂，彩旗飘飘，锣鼓声声，这里正举行诸暨县第一次"万元户"表彰大会。来自全县农、林、牧、副、渔的代表齐聚一堂。他们中有养鸡的，养鸭的，养猪的，养鱼的，也有养蜜蜂的……姚江区西江公社长乐大队社员何木根、何柏荣代表珍珠养殖业应邀出席这次表彰会。他们胸戴大红花，满脸欣喜地从董士元县长手中接过"养蚌育珠专业户"奖状。

我父亲何柏荣和堂外公何木根，成为全县唯一的两位养蚌育珠专业户。

时光回到十多年前的春天，离诸暨几百公里的江苏武进一家国营渔场，正如火如荼地大力发展养蚌育珠业务，蚌源却成了问题，于是渔场领导派遣朱林坤到外地收购河蚌。朱林坤在浙江诸暨有位亲戚叫吴菊珍，好多年没有走动，他抱着试试看的态度给吴菊珍写了一封信。结果吴菊珍回了信，信中内容让朱林坤喜出望外，因为吴菊珍的家乡诸暨县白塔湖镇就产河蚌。于是朱林坤拿着介绍信，风风火火来找到吴菊珍。吴菊珍的丈夫何贤林，带着朱林坤去找大队党支部书记何如江。朱林坤向何如江书记递交了介绍信，何书记见是来收购河蚌的，就安排当时做水管员的木根外公和我父亲协助朱林坤。他们俩在引路的同时，向朱林坤师傅学习挖蚌和育珠技术。木根外公还在自家房后的小塘里偷偷摸摸养下了第一批珍珠蚌，同年秋天，成功收获七百克珍珠，经浙江省医药公司杭州门市部鉴定价值

四百九十七元。珍珠卖给了诸暨县医药公司，这笔巨款轰动了四邻八村。

白塔湖、西泌湖周边大队像是尝到了香饽饽，成群结队涌向长乐大队，向木根外公和我父亲学习养蚌育珠技术。木根外公和我父亲把自己学到的养蚌育珠技术毫无保留地传授给大家，由木根外婆周冬英和我母亲何月娜负责插种珍珠，并成立插种队。

说起插种珍珠，一次朋友请客聚餐，我遇到尚山村的郑纪土。五十出头的郑纪土早年就是一位插种珍珠的能手，他子承母业，家中九十来岁的老母亲早年就是种蚌师傅，还曾在我母亲那里跟过班。那是1974年，尚山大队成立珍珠插种班，我母亲和木根外婆作为技术人员前往尚山大队传经送宝。在那次饭局

早期珍珠插种培训班

上，我跟纪土开了个玩笑："师叔在此，还不过来敬酒。"搞得满桌子人大笑。在山下湖，我经常会遇到这样的情况。戚雄龙当年在长乐大队养蚌时经常与我父亲切磋交流，周凤鸣和王纪荣早年和我母亲在珍珠生意上有过往来……珍珠产业的元老们见到我时总会提起我的父母亲。

像尚山大队这样以集体为单位开展珍珠养殖，是因为受当时政策的限制，珍珠养殖以国营和集体单位为主体，不允许个人养殖。1977年，我父亲和木根外公由于私养珍珠成了姚江区"走资派"之一、"暴发户"的典型人物，家里的财产被没收充公，两人在"学习班"里整整待了五十六天。我大哥回忆说，那一次小分队来我们家查抄，我大哥偷偷地把他心爱的小闹钟藏在床底下，结果还是被小分队发现了。我大哥见闹钟已在他们手上，顿时倒在地上大哭。要知道这个小闹钟是父母亲花十九元钱从西江供销社买来的，是父母亲送给大哥的入学礼物，一直放在大哥的床头。早上六点，闹钟会准时响起"丁零零"的声音，催促他去读书。这时，我外公走了过来，两眼死死地盯着他们，无奈地一把抱起大外孙，哄着他去了小店，买了点零食，这才止住了他的哭声。

就这样刚刚萌芽的珍珠养殖业，就在割"资本主义尾巴"、批斗"暴发户"的声浪中被压了下去。

党的十一届三中全会以后，土地承包到户，农民有了土地经营自主权。长乐大队农民在木根外公和我父亲的带领下，充分利用白塔湖的自然水面，开始了光明正大的养蚌育珠。长乐大队除"五保户"，家家户户开展珍珠养殖，成为诸暨县最早的"万元户"村。木根外公和我父亲还亲自到广山大队、尚山大队、朱

珠　王

诸暨华东国际珠宝城

世界淡水珍珠博物馆

家站大队等地方无偿传授养蚌育珠经验，由此带动周边村庄开展养蚌育珠，走上共同致富道路。

时过境迁，五十年后的山下湖，日新月异。蔚蓝的天空下，珍珠湖波光粼粼，晶莹如镜，岸边的杨柳婀娜多姿，摆弄风骚……珠宝城里珠光璀璨，琳琅满目的珍珠首饰让人目不暇接。山下湖淡水珍珠产量大得惊人，占了世界总产量的73%，全国总产量的85%，是名副其实的中国珍珠之都。集镇上，一栋栋高楼拔地而起，连片的别墅造型别具一格，厂房建筑井然有序。在珠宝城的东侧，一个造型奇特的建筑映入眼帘：一只河蚌含着一粒光彩夺目的珍珠。这是世界淡水珍珠博物馆，馆内收藏着奇珍异宝。广场上"世界珍珠大会永久会址"这几个字显得特别醒目，在阳光下熠熠生辉。

这一切，我父亲若泉下有知，一定会倍感欣慰。

珍珠湖

东北卖珠记

　　20世纪80年代初，山下湖一带养蚌育珠像雨后春笋般遍地出现。

　　池塘边横七竖八停满了大小船只，有木船、水泥船，还有铁皮船。鱼塘里插满了一根根竹桩，水面上挂满了密密麻麻的浮

20世纪80年代的长乐村

球，浮球在水中迎风而动。有些农户还把自家的口粮田开挖成鱼塘养殖珍珠，那时养的都是鸡冠珠，一两年后就可以采珠。珍珠年产量从几百斤猛地上升到几吨。物以稀为贵。产量大幅增加，但珍珠价格却像过山车似的，从每斤一千多元狂跌到每斤几百元。医药公司和外贸公司纷纷限购或停购，卖珠前景甚是堪忧，珠农们忧心忡忡。我们家是养殖大户，家里存放着三十多斤珍珠没卖出去。父亲联系了之前一直来我们家采购珍珠的无锡药材公司和诸暨外贸公司，得来的信息全是收购饱和，暂时没有采购计划，父亲为此闷闷不乐。

　　有一次，身为村电工的父亲去村民家里修电灯，碰到了出差

回来的志淇，只见他像中了彩票似的喜上眉梢。志淇见我父亲背着电工袋，就把我父亲叫住，说他老婆挑珍珠的白炽灯不够明亮，请我父亲帮忙换一盏日光灯。父亲随同志淇去了他家，看见志淇老婆亚照正在桌子上挑珍珠。我父亲自言自语地说了一句："今年珍珠特别难卖，家里积压了三十多斤珍珠。"志淇听到后，眯着眼睛乐呵呵地说道："柏荣，卖珍珠不难，东北有好多药厂要用珍珠做原料，我这次……"刚讲到一半，亚照插了一句："志淇，去看看煤炉旺了没有？"志淇连忙踩了一个急刹车，淡定地笑了笑，就不吭声了。

回到家，父亲一直在回想志淇刚才说的话。总不能坐以待毙，得找个法子，寻找出路。这段时间，父亲和金云叔、旺生娘舅经常坐一起，商量珍珠销售办法，他们两人也有珍珠积压，也为卖珠难而发愁。于是父亲便把金云叔和旺生娘舅叫来一道分析，父亲把志淇所讲的话原原本本地说给他们听。金云叔听到"东北"二字，立马反应过来说："我二叔在牡丹江，要不明天我拍个电报给他，打听一下那边药厂对珍珠的需求情况。"

过了三天，金云叔拿着电报心急火燎地找我父亲，说是牡丹江有家药厂有珍珠采购计划。三人商量后，决定去趟东北。

父母亲因珍珠滞销，内心焦灼了一阵子。前几年医药公司和外贸公司上门来收购珍珠，不愁卖不出去。现在不仅价格不理想，还滞销。这次去东北探探路，或许可以找到一条新路子。

晚上，躺在床上的父母亲嘀咕起来：夫妻俩谁去东北？父亲是养蚌育珠专业户，是一名党员，又是村干部，还兼着村里的电工。权衡利弊，遂决定由我母亲前往东北。

次日一早，旺生娘舅去大队书记理均那里打了一份自产自销证明以及长乐珍珠养殖场的介绍信。我母亲带了三十斤珍珠，金云叔和旺生娘舅各自带了十五斤珍珠，三人结伴前往东北。

12月26日，已是初冬，天气转冷，刺骨的寒风从老远的西伯利亚吹到白塔湖，似乎给母亲他们捎来口信，东北那边天气更加寒冷。

父亲划船送他们去斗门埠头，买了去湄池的船票，在湄池火车站吃过中饭，坐上火车去了杭州城站。到达杭州城站已是下午3点，又买了杭州至哈尔滨的晚上8点多出发的火车票。

在城站候车大厅，旺生娘舅买了最新出版的交通地图册和火车时刻表。三人坐在候车大厅里，眼睛盯着显示屏，耳朵听着话务员发出的指令。等到本次列车进站，依次排队通过检票口，跟着人群走到月台，上了火车。车厢内空荡荡的，三人找到自己的座位，把行李放在行李架上，然后坐了下来。

过了三天三夜，列车开进哈尔滨火车站。三人在火车站里简短地碰了头，金云叔说："我们兵分两路，我去牡丹江找我二叔，你们两人留在哈尔滨找药厂。"

接着，母亲和旺生娘舅姐弟俩住进一家旅馆。旺生娘舅给旅馆经理递了支烟，便和经理唠嗑。唠着唠着旺生娘舅把话锋一转，问经理道："这边附近有制药厂吗？"经理回话说："就在这附近，有一家哈尔滨制药三厂。其他地方呢，名气大的当数哈尔

早期火车票

滨世一堂制药厂。"经理接着介绍说："世一堂历史悠久，建于清代，距今已有一百多年历史。"

两人吃过早饭，打算先去哈尔滨制药三厂。走了半个小时，看到哈尔滨制药三厂的厂牌。制药厂看上去规模很大，两人在门卫处登记后，找到采购部。采购部经理一听是从浙江来的，便问他们有没有"浙八味"——白术、白芍、浙贝母、杭白菊、元胡、玄参、麦冬、郁金，报了一连串中药材的名字。母亲和旺生娘舅根本不懂中药材，连忙解释说："我们不是种植中药材的药农，我们是地地道道养珍珠的农民。"经理见他俩不懂中药材，便说了一句："河南街那边有家药厂，叫世一堂制药厂，可能会用上珍珠。"两人连声道谢，便出了厂门。

叫来黄包车，两人到了哈尔滨世一堂制药厂门口。只见门

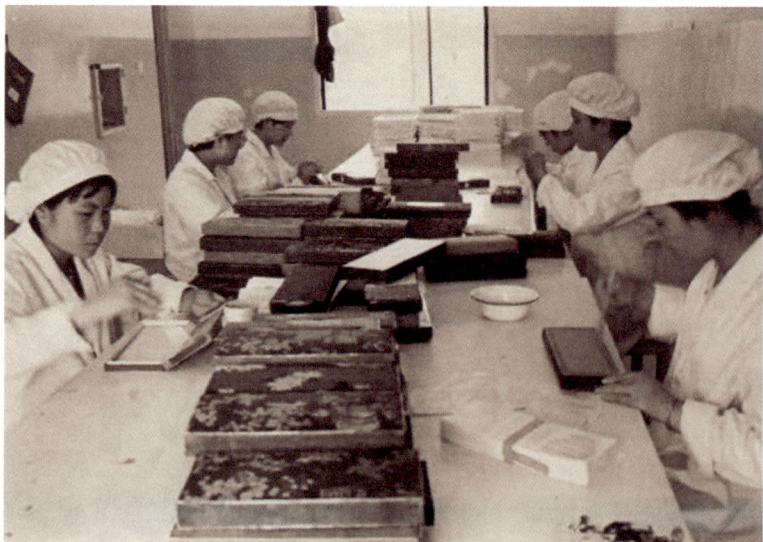

早期珍珠粉生产

口两侧有一副对联："地道药材货真价实，公平交易童叟无欺。"旺生娘舅往里张望了一下，厂区一眼望不到边，路两边是郁郁葱葱的树木，枝条迈过屋顶，从厂内飘来一股带着清香的中药味。母亲和旺生娘舅在门卫处打听到供销科，前面一楼五间办公室，其中一间就是供销科。

母亲和旺生娘舅走了过去，看到行政室、财务室、保卫科，最后一间是供销科。走进办公室，里面坐着几位职员，他们都忙碌着，有的打电话，有的做记录，有的看文件。旺生娘舅向他们打了个招呼说："大家好，请问科长在吗？"见有陌生人进来，所有人的目光都聚焦到他俩身上。一位年纪大的同志做了回应："请问你们是哪家单位的？"旺生娘舅从口袋中掏出证明和介绍信，递给这位年纪大的同志。他仔细看了一遍，自我介绍道："我姓陈，负责采购，原来你们是卖珍珠的。坐，坐。"他示意旁边一位年轻同事泡茶。接着说道："浙江诸暨，我老家新昌，跟诸暨很近呢，你们把珍珠拿出来让我看看。"陈科长把那两张纸还给了旺生娘舅。我母亲麻利地打开包，取出一袋珍珠，解开袋口。这时，办公室的几个人围了过来，都来看稀奇。有位同志拿着一粒珍珠塞进嘴里，咬了起来，还有一位用打火机点火烧珍珠。陈科长用手提了提这袋珍珠，嘴里说着："这么沉，这么沉。"陈科长问旺生娘舅数量有多少。旺生娘舅回答说："刚好十五斤。旅馆里还存放着三十斤。养了好多年才收了这么一点珍珠。"看了货，陈科长直截了当说了一句："人工培育的珍珠和我们厂里用的珍珠，品质完全不一样，你们的珍珠有光泽。"听了陈科长的话，母亲心里暗暗想道：天然珍珠的珠蚌生长在淤泥下，见不到光，从那出来的珍珠肯定没有光泽。陈科长又说："我们厂里从

来没有用过人工培育的珍珠，用的是天然珍珠，而且用量不大，安宫牛黄丸要用到珍珠。"说完，陈科长示意刚才那位泡茶的青年，要他去仓库领点天然珍珠的样品来。

这时，母亲和旺生娘舅坐了下来，跟陈科长聊起家常。陈科长客气地说着："新昌和诸暨都属绍兴地区，不过我们新昌小，还不到诸暨的一半。"接着又问："你俩贵姓？"一听都姓何，而且还是姐弟俩。陈科长接着问人工培育珍珠的方法。我母亲介绍说："我们养的河蚌叫褶纹冠蚌，插种过程中首先要切开一只河蚌，然后用刀片把边缘膜切下来，整成小片，再插种到另一只河蚌的外套膜里面，河蚌分泌珍珠质，把这块小片包覆起来，一层又一层，从而形成珍珠。"我母亲喝了一口茶，又接着说："天然珍珠形成过程是异物掉入河蚌里面，蚌体受刺激分泌珍珠质而形成珍珠。"陈科长听了后，频频点头。陈科长好奇地问道："你们是怎么找到我们厂的？""经朋友介绍，特地来贵厂推销珍珠，我们第一次到哈尔滨，人地生疏，望老乡多多关照。"旺生娘舅回话道。陈科长是个性情中人，他讲起自己是如何考上药学院，又是怎么分配到这家企业的，他在这里已经工作了二十多年。聊着聊着，那位年轻人拿来了一个小瓶交给陈科长。陈科长打开瓶盖，倒出几粒珍珠。母亲和旺生娘舅走上前细看，这些珍珠有绿豆那么大，形状各异，扁的居多，一点光泽也没有。母亲和旺生娘舅第一次看到这样的珍珠。

陈科长提到珍珠是稀有贵重药材，需经过上级有关部门批准，还是限量供货，所以对产品来说，受到一定制约。旺生娘舅急忙见缝插针地问道："那上级部门配货，珍珠多少钱一斤？"陈科长笑着说："哪里可以按斤论价，是按照克来定价格，我厂调拨下来的珍珠价格是两元每克。"陈科长看了看手表，已到中饭时间，他邀请我母亲和旺生娘舅一起去食堂吃中饭。

三人走到食堂，餐厅里整整齐齐摆放着一百多张长桌，看上去可以容纳四百人同时就餐。正好有几十名穿着工作服的职工在就餐，他们用异样的眼光打量着陌生人。旺生娘舅看了一眼食堂菜谱，价格比外面饭店还要便宜，荤菜一角五分，蔬菜五分钱，米饭更便宜。陈科长签了字，给我母亲和旺生娘舅各领了一份工作餐。

吃过中饭，陈科长让我母亲和旺生娘舅在办公室等他。到了下午两点钟，陈科长回到办公室，给我母亲和旺生娘舅加了茶水，说道："你们等一下，我跟厂长汇报一下，我带点珍珠过去。"说完，他就从袋子里拿了几粒珍珠。

又过了半个多小时，陈科长面带笑容地走了进来，说道："两位小何，这次我们厂里计划采购一千克珍珠，价格呢，就按二元每克，你们看怎么样？"我母亲和旺生娘舅高兴地从座位上站了起来，异口同声说道："陈科长，我们听你的。"陈科长开了张单子，然后让那位小青年带着我母亲和旺生娘舅去了仓库。仓库工作人员称好了一千克珍珠，入了库。母亲和旺生娘舅接着去了财务室，财务开具了一份农产品自产自销收购发票，旺生娘舅在领款单上签上名字后，领了二千元现金。

母亲和旺生娘舅回到供销科，千恩万谢地说道："陈科长，下次你回老家，拍个电报给我们，我们来看望你。"陈科长摇了摇手说："不要客气，不要客气。下次要货，我会通知你们。"旺生娘舅连忙说："感谢，感谢。"说完，母亲和旺生娘舅跟陈科长握手道别。陈科长将他俩送到了门卫处，挥手告别。

　　在回旅馆的路上,已是傍晚,找不到一辆黄包车。我母亲和旺生娘舅此时已饥肠辘辘,走了好久也见不到一家饭馆。一位骑着自行车的大妈从他俩身边经过,"啪"的一声,从车上掉下一样东西,在地上打着滚,正朝这边过来,到了旺生娘舅鞋子底下。旺生娘舅俯身一看,原来是个苹果。抬头一望,那位骑自行车的大妈早已消失在夜色中。旺生娘舅见四周无人,用手擦了一下苹果,浪费也可惜,就大口大口啃起了苹果。

　　回到旅馆的次日,旺生娘舅向旅馆经理借来一本电话黄页,

诸暨华东国际珠宝城

又问服务台借用电话机,联系黄页里登记的制药厂。反馈的信息,有的说没有用到珍珠,有的说目前没有采购计划。这时,金云叔也从牡丹江回来了,他只卖了五斤珍珠。三人在旅馆里算了一笔细账,都认为药厂珍珠用量不大,况且路途遥远,差旅费计算下来就是一笔不小的开销。三人商量,动身回家。

到了哈尔滨火车站,在候车室碰到两位老乡汉培和观均,他们同样也是来推销珍珠的,行李中也有捎回去的珍珠。

这次东北之行,虽然收获不大,但让我母亲对珍珠销售有了深刻了解,珍珠销售只得另辟蹊径。

一次辛酸的珍珠贩销经历

一

那时，珍珠属于国家统购统销的商品之一，农民养出来的珍珠只能卖给医药公司和外贸公司，私自买卖按投机倒把处理，不仅珍珠要被没收，连人也要被抓去拘留。

随着山下湖一带珍珠养殖面积的不断扩大，珍珠产量连年翻番，当地的医药公司和外贸公司的收购早已饱和，珠农们不得不动起私下交易的念头。听说汕头、广州一带已经有港商在收购珍珠，于是珠农们想，既然广东一带有人收购珍珠，那么那里的政策一定比较宽松，交易珍珠的风险应该不大。

我母亲何月娜当时已是一位久负盛名的带班种蚌师傅，光是徒弟就有几十

作者母亲——何月娜

名。种出来的珍珠卖不出去，那么种珍珠还有什么意义？于是，我母亲打算去汕头投石问路。

1982年5月，我母亲带上六十五斤珍珠，尝试着到汕头去卖，结果赚了五万三千多元钱。这对于当时的农民来说，简直是一笔天文数字。起先香港珠商只知道江苏渭塘产珍珠，此次广东之行，让香港珠商了解到浙江诸暨也产珍珠，他们迫不及待地与我母亲联系，要求到山下湖来收购珍珠。

二

1985年6月，广山村詹仲华、何理夫等人合伙办起了珍珠交易市场，虽然是用毛竹、油毛毡搭建的简易市场，但解决了珠农卖珠难的困境，珠商也不用挨家挨户去农户家收购珍珠。

1985年9月，在我母亲的联络下，香港太湖公司的几位客商来到山下湖。按当时的政策，珍珠是不允许跨省贩销的，所以还得偷偷地进行。外地客商来山下湖收购珍珠，也是担惊受怕的。后来经双方商定，由我母亲在山下湖收购珍珠运到广州，再由太湖公司负责从广州运到香港等地销售，双方利益共享。

1986年底，为了保护珍珠产业的发展，同时力求珍珠交易市场的合法化，西江乡人民政府提出了一个政府出面办市场、促进珍珠产业长远发展的思路。于是在1987年初，西江乡人民政府在西江农贸市场办起了一个珍珠交易市场。开业前几天，乡政府主要领导和市场负责人找上门，动员我母亲在市场开业的第一天设摊收珍珠。开出的条件是：不仅免交摊位费，还可以在乡广播站免费做珍珠收购广告。

早期珍珠交易市场

　　一下子出现两个市场，且两个市场暗自较劲。我的父母亲像走在十字路口，到底往哪边走为好？广山村办市场的几位村民曾于1979年与我父亲合伙在新沥湖养过珍珠，都是非常要好的朋友。而另一边是乡政府，乡政府办市场又是为了保护珍珠产业、发展珍珠产业。

　　我父亲是一名党员，又是村干部，还是县里的政协委员，他明白事理。夫妻俩决定配合乡政府前往西江农贸市场收购珍珠。

　　1987年3月15日，就在新市场开业的当天，西江乡广播站滚动播放着一条广告：长乐村何月娜在西江农贸市场大量收购珍珠，望广大珠农踊跃投售。我母亲以高出市场价五元一斤的价格进行收购，一下子四面八方的珠农纷纷涌向西江农贸市场。短短两天时间，母亲收购了价值十六万七千五百元的一百八十二斤珍珠，并承诺珠农一个星期后付款。

二

在一百八十二斤珍珠被当作行李包装好后，母亲和她堂哥桥生一道搭乘火车到了广州，住进了偏僻的宝岗旅社。

我母亲和堂舅桥生带着珍珠去了指定的交货地点。身材魁梧的桥生娘舅体力较好，他把两袋珍珠夹在腋下，轻松自如地把珍珠送到一栋别墅里。桥生娘舅卸好珍珠，出了门，就在马路口等候，留下我母亲与太湖公司人员一起验货。交完货，卸下身上的包袱，桥生娘舅顿感轻松。他从裤兜里拿出一包烟，抽出一支叼在嘴上，刺啦一声，点燃了香烟。他抬起头来，看见一辆辆轿车从他身边飞驰而过……

突然，四五个陌生人向桥生娘舅这边冲过来，其中两个人一把抓住他的双手，大声喝道："不许动。"桥生娘舅大声呼喊："光天化日，你们要干什么？"

村里人都叫桥生娘舅"大木佬"，一米八几的身段，水桶般的腰围，两手敞开像把铁锹。那些一米六几的人，哪里是桥生娘舅的对手，桥生娘舅三下两下就挣脱了他们的围堵，拔腿就跑。

这时，其中一位掏出了手枪，对准桥生娘舅，大声呵斥："不许动，举起手来，我们是广州市公安局东山分局的。"说完掏出了警官证，一声令下："带上车。"

车子停在不远处，几个人推搡着桥生娘舅，把他塞进了警车。桥生娘舅透过车窗，看到整栋别墅已被人包围，深深地叹了口气，心"怦怦"跳，脸上滚烫滚烫。他惶恐不安地紧紧盯着窗外，车子朝东山分局方向开去。

意料之中，我母亲和太湖公司小王，以及那一百八十二斤珍

珠，也被一同押往东山公安分局。

消息很快传到宝岗旅社，旅社里的老乡们乱成一团。他们担心月娜和桥生的安危，也担心公安下一步会不会到旅社搜查。正当老乡们像一群无头苍蝇那样六神无主时，冬仙冷静地对大家说："我们赶紧去东山公安分局探望月娜和桥生，顺便可以打探一下公安下一步的动向。"美华接着说："要不我们跟吴经理商量一下。"

吴经理是宝岗旅社的经理，老家上海，吴经理一直把浙江人当作自己的家乡人看待，珠农们也把吴经理当作在广州的靠山。冬仙和美华一起进了经理室，跟吴经理聊了起来，吴经理爽快地答应一起去探望月娜和桥生。

冬仙、美华和吴经理三人打车到了东山公安分局。吴经理说着一口漂亮的粤语，跟门口保安打了个招呼，三人进了分局大门。打听到桥生娘舅被关在一楼，我母亲被关在二楼，目前案子尚在侦办中，暂时不能探望。但公安同意他们三人在探视窗外看一眼。

透过探视窗，只见三十多个人挤在一间小屋子里。一眼看见身材高大的桥生，他背倚着墙，耷拉着脑袋，双眉紧锁，双眼紧闭，像是病入膏肓。

三人看着心痛，又去了二楼。到了楼梯口，听到楼上有嘈杂的打闹声，走到门口探头望去，只见我母亲正和另一个女的扭打在一起。吴经理见状急忙跑到楼下，跟警官说了一通。一位民警跟了上来，狠狠地敲了敲门，里面一下子没了动静。

冬仙和美华强忍住泪水，跟着吴经理回到了宝岗旅社。冬仙去了邮局，发加急电报给远在老家的我父亲："月娜出事，速

来广州。"冬仙和美华当年都是由我母亲带到广州的,冬仙的丈
夫龙友和我父亲都是村里的干部,两家相处得不错。冬仙又给
龙友拍了个电报:"速去柏荣家商量。"

冬仙一大早去了东山公安分局。这次吴经理托了关系,所
以公安局同意让冬仙和我母亲单独会见。

母亲拖着瘸腿缓缓走来,一头凌乱的头发,憔悴的脸上满是
伤痕。两人见面就抱头痛哭。

我母亲抹着泪说道:"这点伤不碍事,来这里算是进门礼。"

接着又说:"无论我怎么解释一百八十二斤珍珠是自产自
销的农产品,他们都一口认定这是走私。"说着说着泪水像潮
水般涌了出来。

第一代珠商

冬仙擦着泪说："听说公安在太湖公司那边搜到了走私证据，不管接下去怎么量刑，主体都是太湖公司，你有自产自销的证明，公安会依据这些来裁定。"

母亲用布满泪水的双眼看着冬仙："嗯嗯……希望……"

冬仙说："柏荣马上到广州，乡政府也在帮忙，会有解决办法的，你安心点。"

"时间到，各自回去。"一旁的公安开始催促。

冬仙起身说了句："月娜，你保重。"

四

父亲收到电报后，拿着电报纸一声不吭地愣着。这时，龙友走了进来。龙友是村里的文书，他早早把印有"诸暨长乐珍珠水产养殖场"的介绍信送了过来。轻声说道："柏荣，你赶紧去乡里，让乡政府出具一份自产自销证明。"我父亲小心翼翼把介绍信折好，放进包里。接着去了乡里，找到钱乡长。钱乡长二话不说，吩咐工业办公室书记理均办好自产自销证明。父亲打算第二天一早去诸暨火车站。

晚上，我们家里三层外三层地坐满了人，大家商量着对策。门口有个黑影晃了一下，但不见人进来。我父亲说了一声："没事，进来好了。"长山村的祖法走了进来，父亲腾出一把椅子给祖法坐。祖法坐下来迫不及待地说："大家静静，先听听我的想法。柏荣，1983年的事你应该记得吧，那年广州市公安局许局长亲自到我家来调查案子，后来我跟许局长有了点交情。"

祖法是一名掮客，他和阿留、勤伟俗称"三剑客"。他们长期住在广州,珠农们的珍珠通常经他们介绍出售。1983年,祖法结识了一名港商,说要收购一百斤珍珠,现款交易。珠农们就跟着祖法进了一家酒店。

那天,酒店501房间住进了一位中年男子,西装革履,戴着一副深色的墨镜,头发油得连苍蝇站上去都打滑。在门外等候多时的珠农们一起走进房间,纷纷解开装有珍珠的布袋,只见黄豆般大小的珍珠泛着光。

祖法低声说道:"黄老板,你先看货。"黄老板从盥洗室拿出一只面盆,把珍珠倒在面盆中。经过验货,一番讨价还价,一共成交了一百零二斤珍珠。

港商从保险柜里取出一只密码箱,手指头像在弹钢琴,熟练地输入数字。"啪"的一声,大家眼睛一亮,里面全是一捆捆崭新的港币。港商问大家:"你们是要港币还是人民币?"大家异口同声地回答:"当然是人民币。""那好,我去换人民币,你们等我十分钟。"

大家跟着港商出了房间,想想珍珠尚在房间里,来去时间也快,心想不会有事,就在走廊里等候。过了二十分钟,老乡们开始催促祖法,祖法宽慰道:"珍珠还在房间里,这么多港币要换人民币,哪有这么快。"一百零二斤珍珠,平均价八百五十元一斤,换成八万多元人民币,的确费时。

时间一分一秒过去,很快半个多小时过去了。方美急了,她催着祖法说:"你去银行看看老板换好了没有?"银行就在酒店不远处。娇云说道:"叫服务员开一下房门,看看里面的珍珠。"于是大家分头行动,祖法和月娜去银行,其他老乡跑去叫服务员。等祖法和月娜回到五楼,听到方美的哭喊声,珍珠不见了。

　　窗户开着，悬挂着一根绳子，绳子末端连到下面四楼的房间。祖法飞快地跑到四楼，门没有锁，里面连个猫影都不见。

　　这可是他们的命根子啊！几个女的哭得瘫倒在地。现场只有祖法和大荣是男的，大荣三步并作二步跑到一楼，气喘吁吁地跟大堂经理说："赶快报警……"

　　很快，民警赶到案发现场，拍了照，并将祖法和其他老乡一起带到派出所问询。办案民警问祖法是怎么认识港商的。"是他自己找上门来，我……我凑巧在宝岗旅社碰到。"祖法支支吾吾，额头上的汗珠不断地往外冒。

　　民警瞪眼，怒斥道："哪有这样的好事，是不是你们预谋好来诈骗？"祖法张口结舌。

　　所里向广州市公安局汇报。局里非常重视，成立以一位副局长为首的专案组，并由他亲赴浙江诸暨长山村调查。局长一行人在村长的陪同下来到祖法家，从后山临湖的三间矮平房里，走出来一位短头发的中年妇女，自我介绍说："我是祖法的老婆。"局长说明来意。民警搜查了所有房间，连猪圈也翻了一个底朝天。又向祖法老婆了解情况，祖法老婆忍气吞声地说："我老公是个老实人，决不会做这等事，望局长替祖法主持公道，他可是家里的顶梁柱，上有两老下有四个未成年的孩子。"局长安慰道："请相信我们公安部门会秉公执法。"

　　经过公安部门侦查，原来是港商与同伙预谋了行窃之事，最终还了祖法一个清白。祖法千恩万谢，特地去广州市公安局送了锦旗，向这位局长深深地鞠了躬。从那以后，祖法与许局长结下了不解之缘。

　　祖法被关在派出所里半个月，人总算平安回来了，却断了广州这条生财之道。日子还得过,祖法拿起养鸭棒在白塔湖养鸭。

祖法听到我母亲在广州出了事,这才赶了过来。

五

祖法跟大家说完与许局长的故事后,站起身,从口袋里掏出一封信交给我父亲,并交代说:"到了广州,你去找许局长。"我父亲紧紧握住祖法的手,凝视着祖法,心中有千言万语却说不出一个字来。

209次,210次,杭州至广州的火车,承载着珠乡人民对美好生活的向往的列车。父亲踏上这趟列车,呆呆地望着窗外。杨柳吐绿,桃花飘红,这花花绿绿的春天,在父亲眼里却丝毫没有生机。火车"咔嚓咔嚓"飞驰着,他似乎听到了"怦怦"的心跳声,又好像是有一根木棍在不停敲打他的头部。

第二天傍晚,列车到达广州火车站,父亲紧跟其他乘客出了站,打的去了宝岗旅社。

玲娣在旅社门口焦急地等着我父亲。玲娣是我母亲堂姐,她俩从小一块长大。"柏荣,房间紧张,我预留了三楼303通铺。"玲娣边说边带着我父亲去了303房间。"明天我跟你一起去看月娜。"玲娣说完就下了楼。

广州的夜来得很晚,霓虹灯整夜亮彻,躺在床上的父亲翻来覆去,一夜未眠。天刚亮,父亲就迫不及待地起床洗漱,在服务台边上等玲娣。

父亲看见一个熟悉的身影向他走来,是孟校。孟校刚从重庆过来,也得知了我母亲的事,夫妻俩大包小包地准备出门,匆

何月娜堂姐何玲娣

匆忙忙对我父亲说了句："柏荣，月娜的事要多托关系，我约好客户去清平药材市场，回头再聊。"孟校说完就和他爱人刘留芳出了旅社。这时，玲娣走到服务台。

在改革开放春风的沐浴下，广州成了开放前沿，高楼大厦林立，宽敞的柏油马路四通八达，大巴车、小桥车车来车往，马路上弥漫着柏油和汽油的味道。快车载着父亲与玲娣驶向东山公安分局。

父亲跟玲娣在接待室等候我母亲。一个披头散发、衣衫褴褛的女子走了过来。父亲见到母亲的那一刻，两人相对无言，像是陌生人。

"哇"的一声惊天动地响起，犹如山洪暴发。

"你偏要我去乡政府办的市场收珍珠，还在广播里做广告，现在我成了罪魁祸首。"母亲愤怒地说道。她已知晓这事完全是因举报引起的。

"你自己也有过坐牢的滋味，这滋味好受吗？害得我和堂哥坐牢……"母亲的话像潮水般袭来。

一旁的玲娣急忙拉劝："月娜，好了，好了。柏荣也想不到会这样，事情到这般田地，只能想办法解决。"

父亲低头站着，一言不发，他知道只能让我母亲发泄，这样她心里才好受些。

母亲言辞中提到父亲有过坐牢的经历，那是1981年，父亲和金云、忠钟、均水四人合伙去绍兴皋埠收购珍珠，按当时政策属于私自收购珍珠，结果以投机倒把罪被拘留了二十六天。

这次父母见面在吵闹中结束。父亲后来向民警了解案子的情况，得知已判定太湖公司走私，我母亲是伙同走私还是投机倒把尚未定案。父亲想起出发前祖法交代的话，转身去了广州市公安局。

父亲见到许局长，递了信件，说明来意，再三恳求许局长帮忙，并把乡政府证明以及养殖场介绍信递了上去。许局长问了祖法的情况，接着打了个电话，然后跟我父亲说："你先回去，我了解一下情况后再说。"

第二天，父亲又一大早去了分局。父亲想，如果许局长肯帮忙，一定会有好消息。走进分局，民警还没上班，父亲在值班室打听办案民警的办公地点。等上班后，父亲去找办案民警。他把乡政府证明和养殖场介绍信递给民警，民警上下打量着我父亲，又仔细看了看材料，说道："浙江诸暨产珍珠，我岳父老家是

江苏渭塘，那边也产珍珠。"父亲听到民警了解珍珠，心想这就好解释了，连声说："是的，我们那里家家户户养珍珠，自产自销的。"民警说："你坐一会儿，我去领导那里。"父亲纹丝不动地坐在那里，心里忐忑不安。

过了半个多小时，民警过来跟父亲说："局里讨论过了，你老婆的案子不按走私罪处理，定性为投机倒把。"民警盯着我父亲接着说："何月娜、何桥生拘留四十六天，没收珍珠，并处罚金八千元，这已经是从轻处理，太湖公司小王已判刑两年，罚金九万二千元。"

父亲听到这个结果，心里说不出是什么滋味，站在那里愣了一会儿，从牙缝里挤出三个字："谢谢了！"

父亲拖着沉重的脚步上了楼，看望母亲和桥生娘舅。当母亲听到案件处理结果，她似乎早已知道这个结局，反应异常冷静，低声对父亲说："照顾好爸爸和三个孩子。"父亲哽咽道："你放心吧。"

见到桥生，父亲内疚地说："桥生哥，我们对不住你。"桥生娘舅回话道："柏荣，没事，没事，做生意有风险。案发当天我看到了'大肚老黄'，肯定是他举报的。柏荣，我老娘那里打个电话给她。"

桥生娘舅的老娘，也就是我母亲的三妈，她在中华人民共和国成立前去了香港，之后就长居香港。

事情处理完毕，父亲回到旅社，给我母亲的三妈打了电话，把桥生和月娜的情况一一向她做了说明。

父亲在旅馆门口碰到孟校和刘留芳。他们夫妻俩刚从清平药材市场回来。刘留芳涕泪交加地哭着："哎哟喂，命苦啊……"

孟校愁眉苦脸地告诉我父亲："真倒霉，一万二千元珠款明明放在包里，一转眼变成一捆草纸。这笔钱我是准备给儿子娶老婆用的……"

昨天见面，孟校还在劝慰我父亲，今天再见却同病相怜。父亲鼻子一酸，不知说什么好，他黯然泪下，回到了房间。

躺在床上，父亲回想着十多年来养珍珠卖珍珠的往事，迷迷糊糊睡着了。

"大家不要动，我们是工商所的。接到群众举报，你们在这里非法交易珍珠。"父亲被吵闹声惊醒，见几位穿着制服的人正在检查行李箱。

邻床是大荣和他五岁的儿子人望。大荣因家里无人带小孩，只好将儿子带在身边。人望也被吵醒，他揉了揉惺忪的眼睛，说："警察叔叔，我不是坏人。"工商执法人员安慰他："小朋友，我们是来保护你的。"

一番检查后，工商执法人员并没有查到珍珠，只好扬长而去。

这次幸亏宝岗旅社吴经理帮忙，提前通知老乡们，老乡们才早早地将珍珠转移到安全的地方，避免一场劫难。

父亲回家后，理均一早上门来问情况。父亲说祖法帮了忙，凭着乡里的证明和养殖场介绍信，最终月娜没有按走私罪量刑。听到我母亲被保了下来，理均安慰父亲："只要人没事，钱往后可以再赚。"接着又说："柏荣，何新乔来找过你，见你不在，要我带口信给你。他打算和你一起养殖三角小蚌。他投资，你管理。"

六

理均担任过长乐村党支部书记,后来工作调动,去西江乡人民政府工业办公室当了书记。理均和我父亲平时以"亲家"相称。那是1977年,当时父亲因私养珍珠被割"资本主义尾巴",理均也因"政治运动"犯了错,两人一起进"学习班"接受社会主义思想教育。这段经历过后,理均的女儿飞华就喊我父母为"干爹干娘",两家平时走动密切。

理均口中的何新乔,就是大名鼎鼎的西施美首饰厂厂长。1984年,时任姚江区委书记的何纪康,提议成立诸暨县珍珠养殖公司,并聘请何新乔担任珍珠养殖公司经理。1985年,姚江

作者和飞华姐及父母亲合影

区工业办公室又与航天工业部上海仪表厂合作成立诸暨西施美首饰厂,何新乔任厂长。当时,首饰厂加工的珍珠串链通过上海市工艺品进出口公司出口,产品供不应求。为保障珍珠原料供应,何新乔向区政府提出由银行贷款二千万元扶持珠农发展珍珠养殖,此建议得到了姚江区委区政府和农业银行的大力支持。1985年底,西施美首饰厂将二千万元贷款全部发放到姚江区下属五个公社的四百八十三户珠农手里。珠农通过这笔贷款发展珍珠养殖,获得的财富超过二千万元,一下子冒出了许多"万元户"。

这些年,一直在珠宝市场摸爬滚打的何新乔,敏锐地觉察到:鸡冠蚌培育的珍珠品质低劣,缺乏市场竞争力,只有改良育珠蚌品种,用三角蚌代替鸡冠蚌,才能让诸暨珍珠立于国际市场。何新乔决定养殖三角小蚌。

西施美首饰厂何新乔
(从左至右依次为何新乔、楼云、何新乔夫人)

可是，谁来做这件事呢？经过深思熟虑，何新乔想到了我的父亲。一是因为我父亲是第一代珠农，养蚌育珠经验丰富，为人忠厚又勤劳；二是我母亲销售珍珠出了事，也得帮上一把。于是何新乔主动找上门来谈合作之事。

听到这个好消息，一直盘踞在父亲头上的阴霾顿时散去。他一刻也没有停下来，就去西施美首饰厂找何新乔。

西施美首饰厂位于江藻小岭脚，诸暨公路边上。得知我父亲要来，何新乔早已在厂里等候。两人经过一番商量，何新乔投资十万元，我父亲负责管理，计划年孵化三角小蚌五千万只。

父亲叫来崇林，他是村里的老副业队长，做事勤恳，管理经验丰富。父亲又叫来新平，他当过生产队会计，年纪轻，精通财务。父亲着手准备筛选母蚌，采购汪刺鱼。崇林开始搭建孵化池。他们争分夺秒地抢时间，准备六月份开始育苗。

母亲四十六天的拘留期终于满了。5月4日那天，冬仙、美华和娇云等人一大早就在拘留所门口等候。我们村里有几十名跑广州卖珍珠的妇女，这支"娘子军"都是我母亲从老家带出去的。她们往返诸暨、广州两地，饭盒里藏珍珠，霉干菜随身带。她们睡地铺，防小偷，躲乘警，一路同甘共苦。

在众人陪同下，母亲和桥生娘舅住进宝岗旅社。在宝岗旅社的老乡们，大家你一百、我两百，纷纷出钱慰问这对难兄难妹。

桥生娘舅第二天即动身回家。母亲因十六万七千五百元珠款尚无着落，还要与太湖公司交涉，在老家的一帮珠农还等着这笔珠款呢。

母亲打听到小王服刑的监狱，去狱中看望小王。问起珠款，小王回答说："月娜姐，等我出狱后再说。"母亲没有办法，她只好留在广州，一边做掮客，一边催讨珠款。

珠农们见桥生娘舅已经到家，而我母亲却滞留在广州，他们心里就急了。当时说好一星期后付款，现在两个多月过去还杳无音信。十多号人气急败坏地找到我父亲，吵着闹着追讨这笔珠款。

老实巴交的父亲好言解释："你们的心情我理解，月娜在广州催讨钱款，大家再等等。"父母亲平素待人和气，大家乡里乡亲的，一番劝说后，珠农们更多的是同情，倒也没有再为难父亲。

小王的刑期是两年，意味着解决这笔珠款至少要等两年。

养殖场里需要人手帮忙，我二哥延伟见状，就辍学回家帮助父亲。

父母疼爱下不谙世事的我，像变了一个人似的，沉默寡言。我下半年要读初中二年级，父亲还在为我的学费烦恼。外公卖掉了家中的那头年猪，为我凑足了学费。我暗自流泪，日思夜盼母亲能早些回家。

一次在课堂，我因思母心切开了小差。老师训斥我："延东，你在听老师讲课吗？你是不是在想你母亲？"这时，全班同学的目光聚焦在我身上。我的脸像被狠狠地抽了几下，一会儿红，一会儿紫。

下课后，我闷闷不乐地坐在那里。何超走了过来，他递给我一支棒冰。何超是理均的儿子，我们俩从小在一起玩耍。我拿着这支雪花棒冰，剥开外面的那层纸，雪花瞬间化成冰水，我心中的眼泪也跟着一起流淌。

七

6月5日，父亲育下第一批蚌苗。凶猛的汪刺鱼成了寄主，它们成群结队，张着大嘴巴，摆弄着鼻须，摇头摆尾，大摇大摆地畅游在孵化池中。数千个排水孔"滴滴答答"喷着水，如同雨点洒落，补充着孵化池内的氧气。

父亲日夜守护在孵化池边，及时清理脱苗后的汪刺鱼。

几周过后，孵化池中密密麻麻都是指甲大小的蚌苗，像一块块小巧玲珑、洁白无瑕的美玉，静静地躺在池中。

父亲脸上挂着笑容，他望着二千六百个孵化池，打起了如意算盘：一个池里培育出二万只小蚌，二千六百个池就是五千二百万只小蚌。按市场行情，一只小蚌卖二分钱，一百万元产值绰绰有余，完成新乔的指标不成问题，自己至少可以获利十万元。有了这笔钱，就可以支付欠款，那我母亲就不用在广州苦苦等待那笔珠款……父亲沉浸在他的美好设想中。

"不好了，不好了，培夫在抽水口倒了杀灭菊酯。"崇林跑进来，哭天抢地地喊，"这下完了，完了……"

父亲匆匆跑到水泵埠头，立刻切断水泵电源。

培夫若无其事地在捡河虾，见我父亲过来，结结巴巴说："柏荣哥，我老娘想吃河虾，他们说杀灭菊酯倒进水里，就会有河虾浮到岸边。"

"把他扭送到派出所去。"崇林愤怒地说道。

父亲一言不发，跑回孵化池，关停了水带中的水，换了一个供水点重新供水。

这天，父亲不吃不喝，一直蹲在孵化池边，他希望能有奇迹出现。到了晚上，小蚌的食管仍然紧闭着，五千多万只小蚌全军覆没。

孵化室外，三个人影在夜幕中若隐若现。崇林、新平、培夫焦急地等待着，像是在等待躺在手术台上的病人。父亲走到他们跟前，低声说道："培夫，这边没你的事，你回去。"

培夫跟父亲是一个生产队的，他五岁时就没了父亲，母子俩相依为命，家徒四壁，三十好几还孑然一身。父亲怎么舍得去为难他呢？

父亲又对崇林和新平说："小蚌没希望了，新乔那里我去解释。这么晚了，你们也回去休息吧。"

新平安慰着父亲说："柏荣哥，那我们先回家，你也不要伤心。"

父亲目送他们三人离去，独自站在孵化室外。深夜，萤火虫一闪一闪地发出微弱的光，蟋蟀在"嘘嘘嘘嘘"地抽泣，孵化棚里"滴答滴答"的水流个不停……

次日，新乔得知情况，大清早开车来到我家，进门就对我父亲说："柏荣，我已经知道了，不是你的错，你不要自责。这一万元钱是你们三人半年的薪酬。"说完，他从公文包里掏出一万元钱塞给我父亲。

"新乔，我给你造成这么大的损失，怎么好意思收你的钱。"父亲愧疚地说，把钱还给了新乔。

"有位台湾客户要来西施美首饰厂，我先回去了。不要把这件事放心上，有困难来找我。"新乔说完，把钱放在桌上，转身出了门。

父亲望着远去的小轿车，内心久久不能平静。

八

母亲在广州靠代售老乡的珍珠度日。在宝岗旅社做掮客的人越来越多，佣金也从每斤二十元降到五元。

转眼两年过去了。1989年初春，母亲又去探望小王。这次，小王脸上露出久违的笑容，他微笑着说："我下周释放，我哥来看望过我，说起了珠款的事，答应会给你一个交代。"

母亲这才知道小王不过是负责采购，而真正的老板是他在香港的大哥。小王释放那天，母亲在监狱门外等候着。看见小王从监狱走出来，母亲急忙迎上去，还来不及打声招呼，小王就钻进了一辆轿车。他摇下车窗对我母亲说道："月娜姐，我会来宝岗旅社，找你处理珠款事宜。"

小王没有失约。第三天，他带了一个人来到宝岗旅社，找到我母亲。小王满脸委屈地说自己坐了两年牢，又被罚了九万二千元，希望我母亲多多包涵，用两万元将事情了结。我母亲听到这个数字，泪水夺眶而出："我苦苦等了两年多，十六万七千五百元的珠款变成两万元，我怎么向珠农们交代？我

第一代珠商

不答应。"

小王同伴开口说道："要不要这两万元,你自己考虑,我们没时间跟你啰唆。"说完,两人出了门。母亲望着他们远去的背影,又气又急又恨……

母亲发了一个加急电报给父亲,把小王的情况告诉父亲,要父亲跟珠农们商量下一步的处理方案。

父亲拿着电报,愁上心头,如何跟珠农们去说,他心里没底。

这时,雪斋为宅基地的事找我父亲,我父亲是村里的土管员。雪斋见我父亲捏着电报,一时蒙圈。我母亲的事他有所耳闻,问清前因后果后,雪斋对我父亲说:"柏荣,不要发愁,问问懂法律的人,我认识公证处的寿主任。"

雪斋口中的寿主任,叫寿伟通,是诸暨县公证处主任,他精通法律。1985年,白塔湖国营渔场把白塔湖长乐段水域承包给雪斋等农户,因为租金的事打官司,雪斋认识了寿伟通。听了雪斋的一番话,父亲请求雪斋陪自己去找寿主任。

两人到了公证处,雪斋向寿主任介绍我父亲。寿主任一边泡茶,一边听我父亲讲事情的来龙去脉。寿主任问到跟港商有没有相关手续,父亲回答说:"跟香港客户做了多年珍珠生意,只凭信誉,没有

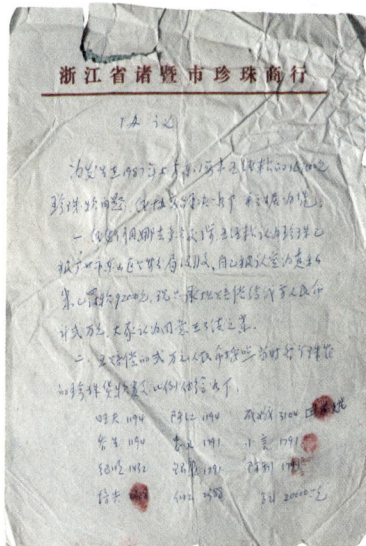

调解协议书

手续。"寿主任分析道："如果走诉讼,要有手续,况且到广州取证也十分困难。还是做好珠农的思想工作,将两万元钱按比例分摊给珠农。"

回来后,父亲跟理均商量,毕竟理均当过村里的书记。十六万七千五百元珠款当中涉及十多户珠农,多数是同一个村的,也有邻村的,有几户还是亲戚和邻居。两人商量,动用一切力量,做好珠农的思想工作,把事情妥善解决,让母亲早日回家。

父亲挨家挨户去做思想工作。当个别珠农存有异议时,就携亲托友去说服。最后,珠农们签字盖章,同意将两万元钱按比例分摊的处理方案。

一次辛酸的珍珠贩销经历,历时两年多,终于画上句号。

安心的那三年

从广州回来后，母亲的生活回归平静，回到了柴米油盐酱醋茶的生活当中。

好强的母亲，有着比男人还要男人的个性。曾经，母亲是第一代珍珠插种师傅。1981 年，她淡出了种蚌这个被看作香饽饽的职业。曾经，母亲是最早一批跑广州卖珍珠的珠商之一，遭遇1987 年的事件后，她淡出了珍珠行业。

而辛劳的父亲更像是一只陀螺，不停地在山里、地里、湖里、厂里、村里、家里，打转又打转。

我家承包的山地面积不大，有十多亩。东头是一个茶园，西坡是梨树园和橘子树园，山路两边则种满了杉树。

我放下书包的那年，父亲带我上山，让我熟悉自家的承包地，并且让我体验农事。有几垄茶树，有几棵橘子树，梨树的分界线在哪里，哪一排杉树是我们家的，父亲向我一一指明。

那些年，采茶采得起劲时，往往不小心采了别人家的茶叶。有时候，看到人家的橘子先挂红了，也会去摘一个尝尝鲜。

我学会了锄地，播种，施肥，采茶，制茶。

一次，父亲叫后岸村的郭苗来帮忙，并让我带着郭苗去给茶树松土。我在那里埋头掘地，不知是我的锄艺不精，还是蜈蚣跟我作对，我的背部突然像是被砍了一刀似的，一阵剧痛传来，

痛得我直冒冷汗。扭身一看，竟是一条蜈蚣在我背部咬着不放。我连声呼叫郭苗，郭苗转手将蜈蚣打落在地，用脚使劲地碾了几下。我匆匆回家，父亲见状，立马骑上自行车，把我送到乡卫生院。医生在我屁股上打了一针，我隐隐约约痛了好几天，晚上只能侧着睡觉，痛不堪言。过了好一阵子，伤痛才消失。

梨树地下方，有座小型水库。说是水库，其实面积不过几亩。夏天，我经常碰见在水库边纳凉嬉水的乌梢蛇。有一次，我眼睁睁看着一条黑白相间的蛇，慢悠悠地钻进了一个坟茔。四周大多是一些没有立碑的坟墓，有几座坟是无人祭拜的荒坟，因为坟上多年不见覆新土了。我父亲一定不会想到，若干年后，他竟会安息在这片梨树地里。

我们家有半分自留地。外公在世时，一年只种两轮，上半年种番薯，下半年种蚕豆。自留地离家较远，灌溉也不方便，外公去世后，就一直荒废着。

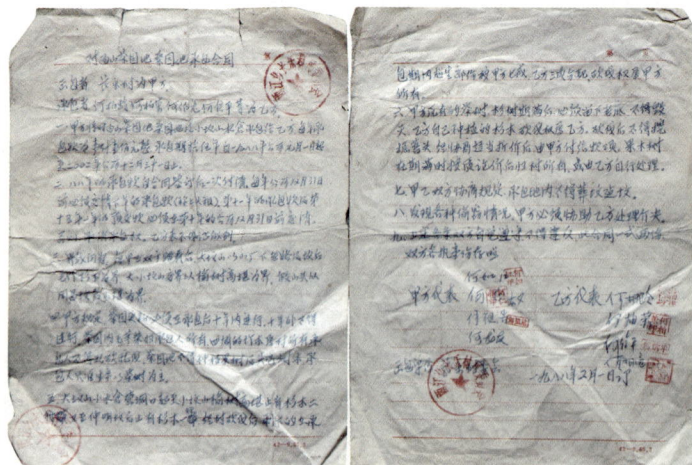

山林承包协议书

后来，父亲向惕然叔租了一分田，用来种菜。一分田有十多垄，父亲把菜地规整得井然有序，按季节播种青菜、萝卜、茄子、番茄、毛豆、包心菜、大豆、蚕豆、芥菜……每天早晚两个时段，父亲通常都在菜地里忙碌。很多个傍晚，都是我去菜地里喊父亲回家吃饭。

村里的蝴蝶角、马塘湖、垛子头，是父亲养蚌育珠的三个阵地。春、夏、秋三季，父亲每天都要去蚌塘看蚌。顺便，父亲用竹枝做成一个圆球，又用十多个串连起来的蚌壳做成虾笼，引诱一些小鱼小虾。父亲还扛来一根两米长的毛竹，将里面的竹节打通，做成鲶鱼筒，然后把鲶鱼筒沉入水底，一些鳗鱼、鲶鱼会钻入鲶鱼筒。父亲每次从蚌塘回来，总会带些小鱼小虾回家，这些湖鲜成为我们家饭桌上的美味佳肴。而这三个阵地产生的经济效益，是我们家的主要经济来源。

1990年，父亲的好友詹仲华叔请父亲出山，因为他在何家山村租了一块田。田块处于白塔湖中央，四面环水，是白塔湖七十八个岛屿中的一个。仲华叔打算养殖小蚌，由他出资，我父亲提供技术，田主何微浩负责日常管理。那年，清明刚过，父亲几乎天天跑何家山村，先是把当天收购来的汪刺鱼送到基地。六月过后，再把挑选来的母蚌往那边送。这一年繁殖得非常成功，培育的小蚌数量超过了一百万只。

洪林外公在何家山村与亲家合伙养蚌，向我父亲买了六千三百多只小蚌。这批小蚌外壳金黄闪闪，食管粗大，斧足娇嫩，长得像混血儿似的。洪林外公当年种下了两千一百多个珠蚌，过了两个年头，这批蚌共采珠七十七斤四两，平均二十七个蚌采珠一斤，这在当时简直是一个神话。来看这批珍珠的珠商

络绎不绝,结果何小发以一千二百八十元的高价向他采购。小发老板说,我第一次看到粒径这么大、品质这么好的三角珠。

微浩叔后来成了父亲的好朋友。那年年底,我大哥结婚,父亲托微浩叔去白塔湖渔场买鱼。那年冬天特别寒冷,整个湖面都结了冰,微浩叔竟沿着白塔湖水路"破冰"而来,把几百斤鱼安全送到我们家。

第二年,父亲租下了水沟留下建林娘舅的五亩人口田,这丘田就在我们家屋后。父亲开挖了四亩水塘,搭建了孵化池。之后,父亲年年在这里养殖小蚌,即使是发病那年,也始终不肯停下池里的活。

父亲还跟仲康叔合伙到宁波养蚌,那边是个风景区。后来管理方说不能施肥,但不施肥会导致养下去的三角蚌长不大。最后,父亲只能放弃,将这批蚌重新迁回诸暨。

这年,在村党支部换届选举中,父亲又以全票当选村党支部委员。父亲自1965年担任村团支部书记以来,直到去世都是村党支部委员。

1991年底,父亲以村集体名义办了一家珍珠层粉厂。不久,父亲和绍兴皋埠镇石渎村联办了一家珍珠粉厂。那时,我们三兄弟已长大,成了父亲的得力助手。然而这些小厂,出于种种原因,都没有给我们家创造多少财富。

而珍珠层粉厂的那台400农用粉碎机,竟成了父亲留给我的资产。我用它起步,去创业,用心去做父亲没有完成的珍珠事业。

现在想起来,那三年,是我懂事以后,我们一家最安逸的三年。

海丰劫难

1992年，对于诸暨珍珠行业来说，可谓喜事连连。

这一年的8月8日，在枫桥江畔，凤山脚下，第四代珍珠市场——诸暨珍珠市场隆重开业，看热闹的群众如山似海。

珍珠市场脱胎换骨了。从最早的石棉瓦、油毛毡、课桌台面的农产品交易市场，变成了一个规模化、现代化、专业化的市场。交通非常便捷，从偏僻的老乡政府所在地搬到了山下湖公路边上，诸暨到店口的109路公交车直达珍珠市场。

第四代珍珠市场

这一年，国家放开了珍珠的统购统销政策，珠农卖珠没有风险了。私自交易珍珠引发的投机倒把、走私罪，统统取消，珠农提心吊胆的日子一去不复返。

我母亲虽然淡出了珍珠产业，但她依然关心着产业的动态。她见到老乡们跑到海丰卖珍珠赚了钱。去一趟海丰，来回只需十天。母亲每次见老乡们回来，脸上总是挂着灿烂的笑容。她还听说，先前跟她合作过的太湖公司小王，在海丰县可塘镇上办起了首饰加工厂，许多老乡还把珍珠卖给他们。

急性子的母亲，终于按捺不住了。

一天晚上，母亲跟父亲商量："柏荣，国家政策放开了，卖珍珠没有风险了。你看，堂弟旺生这几年跑海丰赚到了钱，买下了村里的祠堂。"

父亲笑了笑，却无应答。

母亲接着说："小王他们在可塘镇上办了一家首饰厂，听说是海丰最大的首饰厂。"

父亲听到小王这个名字，就问了一句："是跟我们合作过的小王吗？"母亲点了点头。

"月娜，1987年，你记得吧？那年你受了多大的苦难。如今我们的日子虽然清贫，但也十分安逸。"父亲激动起来。

"柏荣，安逸没错，去年大儿子结婚，还跟旺生和灿生各借了三千元。接下去，另外两个儿子也将谈论婚事，靠我们这点收入，怎么行？"母亲说着说着就开始抹眼泪。

父亲见状，连声说："好了好了，依你依你。"

父亲对母亲总是百依百顺，这次也一样。

过了几天，父母去珍珠市场了解行情，碰到两位"得盘佬"。

所谓"得盘佬",就是把珠农的珍珠拿到商家,从中赚取差价。两位"得盘佬"以前跟我母亲有过生意来往。其中一位叫阿根,看见我母亲,忙上前打招呼:"月娜姐,今天怎么有时间来逛珍珠市场?"

母亲开门见山地说:"阿根,我们想来市场里收珍珠,你看有没有珠农会卖给我们。"

"月娜姐,你堂弟旺生昨天刚收了三百斤。你来收珍珠,当然欢迎。"阿根指着珍珠说道。

母亲听了后,非常高兴,哈哈哈笑道:"那到时候我们来找你。"

回家后,父母商量开了,打算先收一百五十斤珍珠去海丰探个究竟。这次去可塘镇找到太湖公司,就能找到小王,珍珠就卖给他们,这个面子他们总会给的吧。

我母亲离开珍珠市场已超过五年了。在我母亲跑广州的那几年,收的全是鸡冠珠。如今,鸡冠珠早已被三角珠替代。鸡冠珠颜色单一,品相一般,粒径小,几乎没有超过十毫米的珍珠。三角珠色彩绚丽,圆润柔和,粒径大,光泽明亮。无论是鸡冠珠还是三角珠,品质方面的鉴定,对我母亲来说,都是轻而易举的事。

珍珠市场里,有许多熟悉的老脸孔。有些跟我父亲在养蚌育珠上有过交往,有些跟我母亲在种蚌时认识,也有我们同村的珠农和经营户。那天,父母一大早就去了珍珠市场,在市场管委会那里租了一个摊位。找到摊位,母亲从包里取出一块白布,整齐地铺在水磨石的桌面上。然后,母亲又取出一副钢筛、一只白铁畚斗、一个计算器,放在白布上面。我父亲去找阿根。

在珍珠称重处，父亲找到了阿根。父亲对阿根说："阿根，我们开始收珍珠了，还要靠你多多支持。"阿根说："柏荣哥，这还用说吗？"

父母在摊位坐了老半天，并不见有珠农前来投售，只有阿根拿了十斤珍珠来过一次，而别的摊位面前却是人来人往。

父亲想，这样下去不是个办法。他在市场里走了一圈，看到在营业房里忙着收购珍珠的阿农。阿农在珍珠市场名气很大，父亲当年在养蚌育珠上有恩于他。我父亲跟阿农说明来意，阿农回应我父亲："柏荣师傅，我有数的。"

下午3点后，阿农的收购部依然人头攒动。但这时，阿农不再收购了，他说："我这边已经收购满了。"然后用手一指："这条通道走到头，柏荣师傅和月娜师傅在那里收珍珠，你们可以放心去投售。"

作者母亲何月娜（右一）在清洗珍珠

听阿农这么一说,珠农们打消了心中的疑惑。既然阿农信得过,我们还有什么理由信不过?于是,我父母亲的摊位前一下子挤满了人。经阿农力荐,珠农们你十斤,他二十斤,大家踊跃投售。不到两天,父母就收满了一百五十斤珍珠。

第二天早晨,父亲送我母亲到诸暨火车站。临行前,父亲再三叮嘱我母亲,生意要做得稳,宁可少赚点。

母亲在广州火车站下了站,熟悉的车站没有一点变化。火车站对面就是竹园旅馆,先前珠农们都在竹园旅馆里交易珍珠。珠农们为了省下十元钱的捐客款,纷纷前往离广州二百多公里外的海丰县可塘镇,直接联系厂家,绕开了捐客。

母亲坐上了广州到海丰的大巴车。汽车行驶半天后,来到了可塘镇上。母亲跟着老乡们住进了一家旅馆。

从老乡那里打听到了太湖公司的地址后,母亲就动身前往。

在太湖公司门口,母亲看到了一张熟悉的面孔,果真是小王。母亲追上去打招呼,可小王见到我母亲后却扭头就走。小王以为我母亲是为1987年的珠款来找茬的。我母亲直接上了楼,在二楼见到了小王的二哥二王。

二王看到我母亲,也紧张了一下。他问我母亲:"阿姐,什么风把你吹来了?"

我母亲笑着说:"你们三兄弟不错啊,开了这么大的一家厂,我是来问你们讨口饭吃的,我这次拿来了一百五十斤珍珠。"

二王面露笑容,先前的紧张一下子消失,一边倒茶一边说:"阿姐,当年我们起家,你是出过大力的。同等质量,同等价格,你阿姐的肯定优先。"

母亲解开珍珠袋口,等待二王验货。在太湖公司,二王负责

珍珠采购。他一边验看珍珠,一边跟我母亲说:"阿姐,你告诉我你的采购价。"母亲如实说出了收购价。二王二话不说,在收购价的基础上加了三十元。

这一趟,我母亲赚了四千五百元。太湖公司给我母亲面子。回到旅馆,母亲打电话给父亲,把好消息告诉了他。

母亲跟太湖公司的生意做了一年。这一年里,母亲始终铭记我父亲说过的话,生意要做得稳,宁愿少赚点。

1994年初,我母亲收了二百多斤珍珠,送到太湖公司。二王验了货,唉声叹气,摇头挤眼,沉着脸说:"阿姐,这年头在可塘开厂的越来越多,生意难做啊,这样的质量,我实在没办法收购。"母亲听到二王这样说,心一下子沉了下去,但还是报了价。二王挥了挥手,再次强调质量太差,他无法向公司交差。母亲见二王这种态度,就先回了旅馆。

第二天,母亲又去了太湖公司,找到小王,请求小王出面去跟他二哥说情。小王和二王在办公室里"叽里咕噜"了一阵,一会儿,小王和二王都出来了。这次,二王终于报价,但好不容易说出来的价格,比我母亲的成本价还低每斤二十元。母亲想保本,这次生意就没有做成。

在旅馆的餐厅里,我母亲一个人喝起了闷酒。酒劲一上来,就开始胡言乱语了。老乡们见我母亲这个状态,都来劝慰:"月娜,可塘镇上有这么多厂,又不是只有太湖公司一家,你去别的厂家联系联系。"我母亲觉得有道理,既然太湖公司不收,就去找别的厂家试试。

次日一早,母亲带了点珍珠样品,雇了一辆黄包车,一家家上门去推销。结果,一天下来,无功而返。不是珍珠质量的问题,就是珍珠价格的问题。

这一晚，母亲在床上翻来覆去睡不着，脑子里始终在考虑如何将珍珠卖出去，而且一定不能亏。

第二天，母亲又坐上了黄包车，继续去寻找厂家。在一条弄堂里，找到一家珠宝工艺品厂，老板姓黄。黄老板个子不高，肥头大耳。他看了样品，就跟我母亲谈起了价格。经过一番讨价还价后，最终的定价每斤可赚十元。

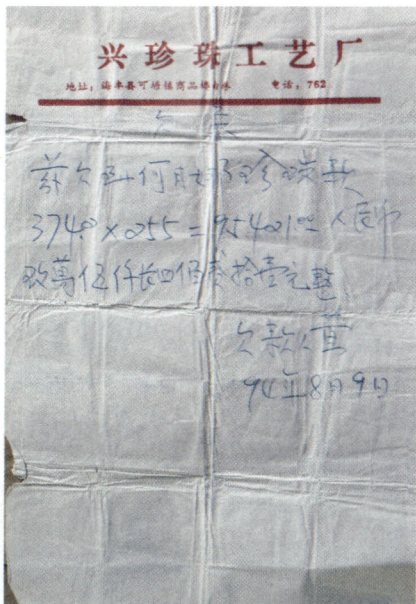

珍珠款部分欠条

但黄老板提出一个苛刻条件，要求半年账期。我母亲想，这几天下来，折腾来折腾去，实在没法子可想了，总不能把珍珠带回老家，于是就成交了。

就是这个"半年账期"，把我们家推到了水深火热之中。不到一年，黄老板累计欠我母亲珠款六十五万元。一天，一个不幸的消息传来，黄老板失踪了。

真是晴天霹雳，而母亲为了追讨这笔珠款，不得不第二次滞留广东。

世界淡水珍珠博物馆

那年我去广州卖珍珠

"各位旅客请注意：由杭州开往广州的209次列车，已经停靠一号站台，列车停靠本站的时间为六分钟……"父亲急匆匆把我送上火车，并和同行的爱凤阿姨嘀咕了几句，再三叮嘱我要听话。说完话，父亲转身下了车。我趴在窗台上，看到父亲站在月台上。父子俩对视着，要说的话尽在这两双眸子之间。

绿皮火车慢慢地转动着轮子，"咔嚓、咔嚓"地响着，父亲的身影连同站台上的西施塑像渐渐地离开了我的视线。

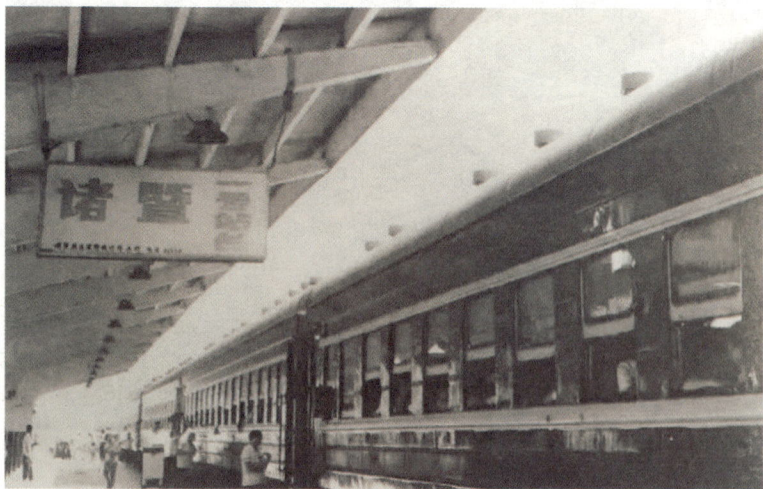

早期诸暨火车站站台

16岁的我第一次坐火车，此次行程并不是去探亲访友，也不是去旅游，而是去广州卖珍珠。我们村自1972年开始养殖珍珠，每年的珍珠产量接近一吨，当地的医药公司和外贸公司已经消化不了，况且珠农打心底里也想卖个好价钱。广州是改革开放的前沿阵地，有许多香港的珠宝商人过来广州收购珍珠。从1981年开始，我们村里的村民就自发结伴去广州卖珍珠。

时逢夏天，车厢内宽半米不到的过道上挤满了人，整个车厢散发着一股浓浓的汗臭味。硬座14号车10B座，爱凤阿姨托熟人买到座位票，三人座有一米多宽，勉强能挤出一个"三加一"的位置，这个挤出来的位置就留给了我。行李架在座位上方，我一只脚踩在座位上，另一只脚悬空着，踮起脚双手用力托起我的行李，把行李推进行李架中。

我坐了下来，屁股紧紧挨着同座的屁股，生怕被挤出座位，车厢顶部那8寸大小的电风扇不停地来回摇头，与窗外吹进来的风相互交流，吹到脸上，说不出是凉还是热，并不能驱散车厢内的那股异味。我抬了抬头，看到的是人头攒动，听到的是南腔北调……我换了一个坐姿，往窗外远眺。窗外，一山连着一山，时而看到一位老农牵着牛在田间耕作，时而看到火车道口处等候列车开行的人群，渐近又渐远……

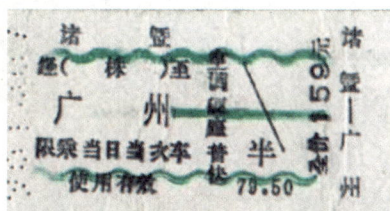

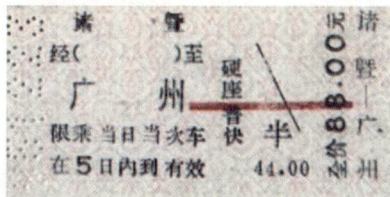

火车票

爱凤阿姨拿出随身携带的干菜饭,好熟悉的一股家乡味道,但并没有勾起我的食欲。我因为晕车,胃口全无,嘴里苦得像吃了黄连似的。看到邻座们正在吃盒饭,目光迅速逃离,胃里瞬间如翻江倒海一般。我打开行李,取出父亲给我买来的橘子,剥开那层橘黄色的外衣,轻轻地撕去白须,送到嘴里。橘肉随着牙齿的嚼动,融化在嘴中,一股酸甜缓缓流向全身……

就在前几天,同村的"老广州"给我上了一堂"政治课",在列车上不仅要防范小偷,还要注意乘警,他们会来搜包。到了广州旅馆里,更要注意工商执法人员,他们会来检查。要知道,珍珠是属于国家统购统销的商品,私自买卖珍珠将会构成投机倒把罪,不仅珍珠要没收,而且人也会被带去拘留。

想着想着,突然有位老乡气喘吁吁地跑来通知:乘警来了。只见车厢前头乘警与乘务员正在检查。爱凤阿姨刚刚还有说有笑,一下子脸色由晴变阴,表情显得异常紧张,颤抖着双手把那装有珍珠的布袋藏到座位底下。幸好这一次乘警与乘务员只核对了车票与身份证信息就离开了。我长舒了一口气,总算躲过了这一关。

广州火车站

列车继续飞快地奔驰着，不知不觉到了晚上，车厢内的灯光就变得昏暗起来。一整天在列车上，双腿发麻，到处酸痛，好像大病初愈一样，昏昏沉沉，瞌睡虫慢慢地爬了上来，上眼皮与下眼皮会合，头也不由自主地垂了下来。爱凤阿姨提醒我："座位下面可以睡。"听到之后，我立刻反应过来，瘦小的我钻到座位底下，铺好报纸，躺了进去，双手放在胸前，两腿蜷缩着，头贴着车厢，耳朵里一直响着火车"咔嚓、咔嚓"的声音，伴随着火车的鸣笛声进入梦乡。

第二天早上，列车到了湖南境内，全是大山，列车穿行在山林之中，隧道一个接着一个，列车像飞驰的长龙，继续前进。

晚上7时许，到了目的地广州火车站，我跟着老乡们一起住进了离广州火车站不远的一家小旅社——竹园旅店。竹园旅店

广州竹园旅店

并没有我想象中的那片郁郁葱葱的竹林，而是由弯来弯去的防空洞改造而成，总共三层，地上一层，地下两层，里面住的旅客基本全是我的老乡。而早已在竹园旅店等候的舅舅，给我安排好床位，地下二层16铺。经过两天一夜在火车上的劳累，我无暇欣赏广州夜景，倒头就睡。

第二天一觉醒来已经是中午，想着去看看我的老乡们。"老乡见老乡，两眼泪汪汪。"在千里之外的异乡，最亲切不过的就是看到几张熟悉的脸庞，听到几句浓浓的乡音。但不知怎么，只见老乡们个个耷拉着脑袋，一副欲哭无泪的表情，我估计是出了什么大事。

果然，从老乡的口中得知，就在前几天，广州当地的工商部门与公安部门一起联合执法，来了十多个人，查封了竹园旅店，扣押了老乡们的珍珠。听说当时场面非常暴力，有几位老乡背着珍珠冲出旅社的大门，在马路上狂奔，而工商执法人员在后面追赶，连马路上都有散落的珍珠。珍珠被扣押，老乡们感到六神无主，在举目无亲的他乡，真的是欲哭无泪。只能找竹园旅店的老总，旅社的高总出于对旅社经营的考虑，已经出面与工商部门交涉。年少的我，道不出几句安慰话，只说了一句："请你们相信高总，他肯定会帮你们解决好的。"

竹园旅店附近有几家小饭店，舅舅带我们去吃中饭。饭店老板见是熟客，便泡上一壶红茶。饭店很小，看上去却很整齐，几张餐桌摆放得井然有序。厨房就在门口，厨师长得很胖，像一个肉粽，系着围裙，光着膀子。只见他炒菜时左手熟练地颠铁锅，右手不停地搅动铁勺，锅里发出"嗞嗞"的响声，那火焰跟着铁锅一起跳动。不一会儿，一盘油爆茄子已经摆在我们的餐桌上。

我没有见过如此粗壮的茄子，有五根手指合起来那么粗。"炒凤爪来了。"服务员喊道。端上来一看，原来是一盘鸡爪。我心想："真会包装，连鸡爪都能说成是凤爪。"

我已经好几天没有吃上香喷喷的白米饭了。但是盛饭的碗很小，碗口只有茶杯口那么大，一瓢饭就盛满了。我狼吞虎咽，一连吃了八碗。

广州竹园旅店

饭桌上有舅舅的内弟阿乐。阿乐看上去三十来岁，因为大家是亲戚，他丝毫没有把我当外人，跟我说："晚上带你到珠江边逛逛，沿江路上可以看'吮螺蛳'。"没等我反应过来，舅舅一声呵住："侬个人什五倒六（诸暨方言，不靠谱的意思）。"我还以为是吮螺蛳过酒，后来才明白这是青年男女在江边谈情说爱，把这种暧昧说成"吮螺蛳"，到底是沿海开放的大城市。

我们最惦记的是早点把珍珠售出，早点动身回家。卖珍珠就得找掮客，这是行业内不成文的规矩。老乡当中有一位掮客，在业内名气还较大，大家都叫他阿留。听阿留说，下午有位香港老板过来看珍珠。

阿留跟我同一个村，他比我大一辈，我尊称他为阿留叔。说起阿留叔，他跑江湖的套路堪称一流。

　　在那个年代，阿留叔也和很多人一样，没有念上几年书，10岁就跟着他父亲跑码头。1978年，改革开放初期，阿留叔已经在做一些小生意了。他看到绍兴一带有农民在卖河蚌，几分钱一斤，他批发了两百斤，第二天挑到杭州、上海一带的市场上去卖，赚了个盆满钵满。

　　当时，同村有位小何找到阿留叔，他想拉阿留叔一起去卖珍珠。阿留叔不同意，因为那时候阿留叔对卖珍珠一窍不通。但小何的一句话打动了阿留叔。小何说："阿留你是老江湖，在生意上定能如鱼得水。"

　　只是当时政策有规定，珍珠属于国家统购统销的商品，私自买卖将会招来投机倒把的罪名，甚至犯走私罪。广东、福建两省设立了私货检查站，坚决制止私货内流。在这种形势下，珍珠只能通过当地的医药公司、外贸公司统购统销，所以卖珍珠是有风险的。阿留叔心里想，人无横财不富，马无夜草不肥。人这辈子总要赚钱，这样生活才多姿多彩。再说了，不就是交易嘛，又不是走私。所以阿留叔下定决心寻找销售珍珠的渠道。

　　后来，他和小何一起去了广东韶关下属的曲江县药材公司，只是那边没有收购。阿留叔又查了其他药材公司，查到韶关市药材公司，然后他俩就去了。一进去他们就找业务科，科长姓李。公司里的员工说科长在开会，会议要到中午11点结束。等到中午，李科长出来了，阿留叔装作认识李科长的样子，万般殷勤地走上前，握住李科长的手说："李科长，你好！你好！"然后，向李科长说明他俩是来卖珍珠的。阿留叔拿出一张农产品自产自销证明，小何也拿出了珍珠。这时阿留叔掂量了一下，小何说的六斤珍珠其实是少于六斤的，珍珠分成了两个包装。阿留叔灵机一动,便随口说这包是二级珍珠,那包是三级珍珠。二级的八百元一斤,三级的七百元一斤。

当时报的这个价格要比广州那边的市场价低很多,于是李科长推过来一辆自行车,带着阿留叔和小何,介绍他们去兄弟单位。到了兄弟单位,李科长直截了当地说:"他俩带来的珍珠价格要比市场价低,但结算必须用现金。"这一次卖珍珠非常顺利,来回才用了五天时间,毫不费力地赚到了一千元钱,这让阿留叔对卖珍珠更加有了信心。

自从这次成功卖珠后,村民都来找阿留叔帮他们销售珍珠。因为实在是人太多,阿留叔只好逃到杭州去,并放出话:"谁先来找我就和谁先去,谁珍珠多我就和谁去。"那一年,阿留叔一直忙到大年三十,才从湄池乘火车到杭州过年。

阿留叔曾经把收来的一百七十元一斤的珍珠卖到五千元一斤,创造了销售珍珠的神话。有一次,同村人阿成来找阿留叔,他已经收购了六百元一斤的珍珠,说也要跟阿留叔去销售。他俩来到广州一家药材公司,阿留叔将两把珍珠摊开,然后报价,阿成的珍珠三千元一斤,他的珍珠五千元一斤。

药材公司采购员问阿留叔:"你讲给我听,为什么这些珍珠要卖五千元一斤,而那些珍珠卖三千元一斤?"

阿留叔便向他要了把钳子,当众钳开了珠子,然后说:"你看,这一包全是实心珠,而那一包只有一半是实心珠。"

最后,采购员说要五千元一斤的。

阿成目瞪口呆,原以为阿留叔一百七十元收进的珍珠肯定卖不到五千元,事实却让他大跌眼镜。

这次的销售经历让阿成长了见识,而阿留叔也成为珍珠销

售界的一个传奇人物。

之后，阿留叔就留在广州做起了掮客。到广州卖珍珠的老乡们，大多把珍珠托付给他。有了货源，阿留叔在圈内的名气越来越大。久而久之，阿留叔与前来竹园旅店"寻宝"的商人混得很熟了。我这次到广州，就将珍珠寄放在阿留叔的房间里，等着香港老板到来。

"老板来了，老板来了。"有一位老乡敲锣打鼓般地喊着。

香港老板一进阿留叔的房间，顺手一抓，从布袋里取出一把珍珠，放在掌心，熟练地把一粒粒珍珠细细分类，然后吩咐阿留叔拿出一只塑料桶。"沙"的一声，布袋里的珍珠全部倒进了塑料桶。然后，香港老板不停地搅拌桶里的珍珠，随即又用手抓了一把珍珠放在一块白色的布上，眼睛射出的光像手电筒发出的光，将珍珠细细检查了一番。

"你这珍珠什么价？"香港老板操起一口粤港式的普通话问道。

"三百八十五元一斤。"我跟着用诸暨普通话回答。

"贵了，我刚从宝岗旅社过来，这样的货那里只要三百六十元一斤。"

"那质量肯定不一样。你看看我的珍珠多圆润，光泽多么透亮。"

"你给个实惠价。"

我思索了一会儿："那就三百八十元吧。"

"还是贵了。"

旁边阿留叔用手戳了我一下，然后跟香港老板说："这种质量的珍珠足足养了五年，珍珠的光泽都是'强光'，货也不多，只有60斤。"

阿留叔在一旁打圆场，撮合着这笔交易。香港老板又一次仔细地看了看珍珠。

"三百七十五元，要卖就过磅。"

我见香港老板语气如此坚定，就点了点头说："那好吧，第一次生意，下次合作再给我多加点。"

说完话，只见阿留叔提起布袋，把塑料桶里的珍珠往布袋里倒，过了磅秤，连袋六十斤二两，净重量就算六十斤。阿留叔用胶带把袋口封得严严实实，再贴上封条。

"来，下一个……"阿留叔又开始叫号。

总算交易成功，香港老板打了张欠条并告诉我："货到海丰县可塘镇再付款。"

阿留叔把我拉到一边，说着："你放心，我会跟车过去。"

"那好吧，十元一斤的佣金等款到再付给你。"

"好的。"

我的珍珠卖掉了，阿留叔忙着卖下一个老乡的珍珠，我回到了地下二层16号铺。

卖了珍珠，我心中的石头落地。听说奇东在宝岗旅社，奇东是我的发小，当然要去看看他，于是我打车去了宝岗旅社。奇东与他大爷爷同住一个房间，他大爷爷旅居广州十来年，也一直在做掮客，老乡们无论男女老少都叫他阿遢伯。阿遢伯六十多岁，满头白发，总是眯着眼睛，露出一副"老顽童"似的笑脸，穿着像个老华侨，非常时髦，花格子的短袖，浅灰色的牛仔裤，肚子挺得像十月怀胎的孕妇，皮带扣系得老高老高，走起路来像打醉拳似的摇摇晃晃。见我过来，大爷爷就直呼道："现在你们两人

有伴了,那我们先去宝岗旅社餐厅吃个晚饭。"

住在宝岗旅社的老乡们有句顺口溜:"三毛吃饱,五毛吃好。"五毛一餐的伙食有鱼有肉,而一张床一夜只收费两元,一天下来的消费总共只需三元,怪不得宝岗旅社虽地处偏僻,却同样住满了卖珍珠的老乡。大爷爷跟我们说:"晚饭就在这里随便吃点,明天早上带你们去喝早茶。"

夜幕降临,宝岗旅社显得格外宁静,我与奇东一起漫步于旅社周围,透过那铁栅栏隔离墙,可以看到一个偌大的足球场,黑色的跑道,中间是一块绿油油的草坪,球场旁边还有个游泳池,一汪静水在夜色笼罩下显得更加空荡。旅社后面是一个军分区,听老乡们说,军分区是老乡们的"安全区",万一遇到"突击检查",老乡们会把装有珍珠的布袋往军分区那边扔。

第二天一大早,大爷爷带着我们去了茶馆。茶馆内熙熙攘攘坐满了人,好不容易找到座位,服务员递上点单,红茶、绿茶、乌龙茶、叉烧包、水晶包、肠粉、马蹄糕……文字和图片让我眼花缭乱。点心我只知道油条、馄饨,这些点心的名字我听都没有听说过。我的脸上流露出一种难以抵挡的羞涩。满屋子都飘荡着一股醉人的香味,我的口水在嘴里流淌着,一阵接着一阵,喉结情不自禁地在转动。一壶红茶来了,此刻的我,也许只有快饮一杯茶,才能暂时扑灭燃烧的食欲。

服务员端上来一盘虾饺,那一只只虾饺犹如一个个睡美人,披着薄如蝉翼的睡衣,个个白如玉桃,晶莹透明,让人一眼就可以看清里面的肉身。没等筷子把虾饺夹入口中,嘴唇早已张开,迎接那"美人饺"。又一盘绿茶马蹄糕端上来了,方方正正的马蹄糕像绿色小精灵。含在口中,正要让牙齿开始工作,而那精灵已经跳入咽喉。肠粉、鸡仔饼……各色花样的点心陆续进入我的眼球，我真想双手左右开弓，恨不得多长几张嘴。大爷爷在一旁看着我们这副吃相，眯着双眼乐着。

回味着大爷爷的那份盛情款待，我打车回到了竹园旅店。

阿留叔刚从海丰回来，用现金付给我珍珠款，我也付了他的佣金。

第一代珠商

这一次卖珍珠总算大功告成。明天就可以回家！

匆匆忙忙的行程，我们也没时间去广州动物园和白天鹅宾馆游玩，期待下次再去。舅舅让我带上十条"良友"香烟，到了诸暨火车站会有烟贩子过来拿货，顺便可以赚点差旅费。

第二天早上，我跟着老乡，进了广州火车站……

又是三十多个小时的行程，到第二天晚上十一点许，疲惫的火车载着疲倦的我，终于停靠在诸暨火车站。

一下火车，我的脚步突然变得轻盈。家乡的气息扑面而来，满身的困倦顿时烟消云散，无影无踪。

世界淡水珍珠博物馆

南京 1995

一

　　1991年的岁末，父亲的一位老邻居何汝祥找上门来，说南京化工厂要采购一批珍珠层粉，用来做珍珠香皂。何汝祥是南京汽车制造厂的退休职工，在家闲不住的他会经常回老家。他把这笔业务介绍给我父亲。父亲和他商议，由他负责南京那边的收货和催款，并承诺给他提成。

　　珍珠层粉是珍珠母加工而成的超细粉。隔壁大顾家村有几家珍珠层粉厂，父亲在大顾家村收购汪刺鱼时认识了层粉厂的老板，他们毫不忌讳地带我父亲去看场地和设备。父亲仔细盘算，办一家珍珠层粉厂投入不大，只需要一个蚌壳堆场和一个加工车间。我们家门口就有一块大的水泥地，可以用作蚌壳堆场。父亲认为这是件好事，可以将开蚌后的蚌壳变废为宝。早些时候，父亲曾把蚌壳卖给湖州红木家具厂，他们在家具上做贝壳镶嵌，但用量不大，而且要求极高，蚌壳必须平整，厚度要求在7毫米以上。

　　父亲开始着手建厂。他向村里租来一处闲置厂房，那是碾米加工厂的旧厂房，离我家很近，就在车湖塘边上。接下来父亲着手粉刷墙壁，硬化地坪，安装设备。设备是一台400的农用粉碎机。父亲向诸暨市卫生局申请办理相关手续，卫生局下面的药政股股长王大冲一行来现场审核，经验收符合要求，于是，父亲以长乐村集体名义办理了一张营业执照——诸暨市西江珍珠层粉厂的营业执照。

加工珍珠层粉工艺复杂，先要去除蚌壳表面的黑皮，再经过清洗、晒干、

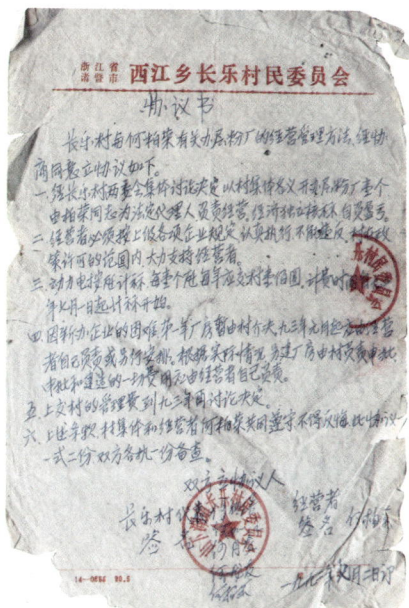

协议书

粉碎、烘干灭菌、包装等工序。父亲安排由我负责清洗和粉碎，这是我人生的第一份工作。去了黑皮的蚌壳，用板刷将正反面洗刷干净，再晒干，然后是粉碎。蚌壳有着石头一样的硬度，粉碎时，时常会有蚌壳小颗粒飞溅出来，打到我手臂上，打到我身上，打到我脸上。轻则伤了皮肤；严重点，鲜红的血就会从皮层中直冒出来。粉碎时产生的粉尘，一不小心会满天飞，把整个车间都灌满，然后漫延到室外，烟雾腾腾往天上飞去。当时的除尘设施简单，我的两个鼻孔全是白色粉末。而且做肥皂用的珍珠层粉细度要求极高，需通过一千目。那个年代信息闭塞，哪里都找不到检测细度的第三方检测机构。如果用手工过筛，最多能过一百二十目。我们就用土方法检测细度，将珍珠层粉放在手

背上摩擦，含在嘴里咬，放进水杯中泡。如果含在嘴里咬起来没有沙粒感，那就说明细度超过一千目。

1992年正月，喜事逢春，诸暨市西江珍珠层粉厂与南京化工厂签订了一份珍珠层粉购销合同。双方约定，价格为每吨9000元，付款方法是货到验收合格后付一半货款，余款三个月内结清，一年用量为十八吨。这样算下来，一年至少可以赚上五六万元，我们全家为此事暗自庆幸。

第一批珍珠层粉按要求包装，一斤一包，五十斤一箱，整整四十箱。根据销售需要，把家庭小作坊包装成一家正规企业。纸箱外面印着品名、规格、生产厂家、生产地址，还有电话号码，电话号码是亲戚家的。再印上"小心轻放，注意防潮"字样。最后叫来一辆四方牌拖拉机，一路敲锣打鼓似的送至诸暨火车站办理托运。货到南京火车站后，再由何汝祥安排车子送到南京化工厂。一切顺顺当当，不久，四千五百元货款如期汇到。我们心怀期待着第二笔订单，但事与愿违，过了整整一年，根本没有接到第二个订单，就连余下的四千五百元货款，厂家也迟迟没有汇来。父亲在世时，对这笔货款一直心心念念。

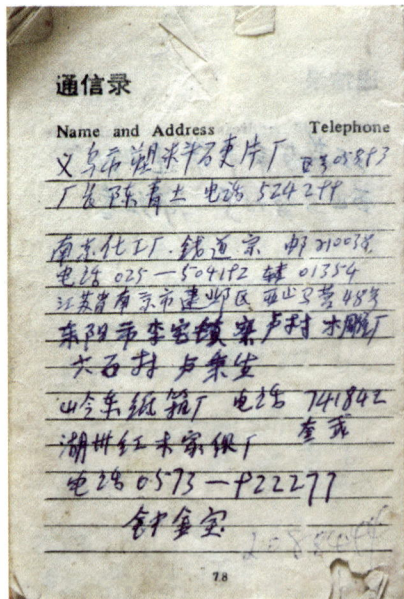

作者父亲的笔记本

　　父亲去世后，家事稍稍平息，我就联系汝祥伯，处理南京化工厂的欠款，也把我父亲去世的消息告诉了他。汝祥伯听到这个噩耗后，电话里传来哽咽之声，他为父亲的病故感到悲痛，他好久才回过神来说："你父亲离开了我们，人死不能复生，你们要节哀顺变，余下的货款我会出面想办法。"

　　后来，在汝祥伯的周旋下，厂家终于答应把余下的货款结清，同时通知我去厂里当面结算。

　　我明白当面结算的意思，就准备了几条珍珠项链，打算送给经理。

一

　　父亲在世时，凡事都由他张罗，加上我上面还有两个哥哥罩着，我不用花半点心思。如今父亲不在了，二十周岁的我也老大不小了，应该出去见识见识。

　　几乎不出门的我，这次要去南京，总得好好打听一下。堂兄国林经常跑外地，海南三亚、大连老虎滩、秦皇岛北戴河……国内的旅游胜地他几乎都去过。我便去堂兄国林那里了解情况，只见他正在整理珍珠项链。我向他说明来意，说来凑巧，他说正要和力群一道去南京夫子庙推销珍珠项链，于是我们三人约定结伴去南京。

　　这几年珍珠项链在国内旅游市场悄然兴起，风景名胜区到处可见卖珍珠项链的摊位和商场。地摊上摆放的是低档的珍珠项链，旅游商场的柜台里全部是做工精细的琥珀、玉石和珍珠首饰。有些老乡在旅游地设摊兜售，也有的老乡四处推销。国林

就是其中一位。

回家后我暗暗想道，南京夫子庙是有名的旅游景点，既然国林要去推销珍珠项链，那我家里不是也有一批抵债得来的珍珠项链吗？于是我跑上楼，打开装有珍珠项链的纸箱，只见用塑料袋装着的珍珠项链整整齐齐地叠放着，这些耀眼的珍珠此时在我眼前却黯然失色。我拿起一条珍珠项链，一股莫名的怒火涌上心头。想起母亲这几年长期滞留广东海丰，催讨珠款，这批珍珠项链就是抵债得来的；想起父亲为了这笔珠款忧愤成疾，撒手人寰；想起我们这个家被欠款弄得支离破碎，家不像家。想到这里，痛彻心扉，真想一把撕烂它，扔得远远的……但冷静下来，这批珍珠项链终究是要处理的，毕竟那也是钱呀。我静静地待了一会儿，决定带一百条去尝试着卖，卖了也可以给家里换点现金。

阿婆听说我要出远门，她一把拉住我的手，在我耳旁轻轻叮嘱："阿东，出门要当心，老年人有话传下来，死爹死娘会有三年晦气。"阿婆是我的堂外婆，又是邻居，看着我长大，一直对我们家照顾有加。小时候我最喜欢吃阿婆做的清明粿，一到清明或冬至，阿婆总会端来满满的一碗清明粿，里面裹着咸菜或是白糖。阿婆有三个女儿和一个小儿子，小女儿玲娣是我母亲的大堂姐，比我母亲大一个月。我外婆在我母亲不到半岁时就去世，是阿婆的乳汁把我母亲喂养大，我也把阿婆当作自己的亲外婆看待。

阿婆提醒我，是因为我父亲去世才几个月，而母亲又去了广东海丰催讨珠款。那批珍珠项链就是我母亲追债要来的，抵了一部分珠款，后来又抵来了两辆摩托车，一辆是铃木王，一辆是

70CC的雅马哈。铃木王给了我二哥,雅马哈成了我出行的伴侣。这辆雅马哈个子虽小,但跑起来马力十足,倘若碰到交警查证,看到这辆貌不惊人的小不点,常常会摆摆手放行。

母亲每周会打电话过来,告诉我那边的情况,我把去南京的想法告诉了母亲。在1993年,我们家花了三千多元钱安装了电话机,这在当时可是一笔不小的数字,有了电话机对外联系方便许多。尽管家境不宽裕,父亲还是咬咬牙把这台电话机安装上了。7681193这个号码,成为我们家沟通外面的一个窗口,珍珠层粉的包装箱上再也不用印亲戚家的号码了。

母亲在电话里告诉我,珍珠销售形势不容乐观,出口饱和,可塘镇上的珍珠首饰厂大多关门大吉,欠我们家珠款的黄老板像是从地球上蒸发似的,消失得无影无踪。他老婆在镇上开店,我母亲是外乡人,奈何不了她。每次母亲去她店里,问起黄老板,她连看都不看一眼。在可塘镇上销售珍珠的老乡逐年减少,留下来的老乡大多是来追讨珠款的。我们村有位叫何光的珠农,为了珠款,他走到哪里把铺盖带到哪里,吃喝拉撒都在客户那里,就这样跟老板耗,最终老板付清了珠款。也有几位胆子大的,把老板"请"到诸暨,这样珠款才有着落。老乡们想尽一切办法讨要珠款。

我望着阿婆苍老的脸庞,泪眼婆娑地说了一句:"嗯,阿婆,我会小心的。"说完,我鼻子一酸,扭头跟着国林他们出了家门。

三

我们三人步行到了山下湖车站,车站紧挨着珍珠市场。这

是山下湖第四代珍珠市场。抬头仰望，陈慕华题写的"诸暨珍珠市场"六个字特别醒目。市场门口人来人往，有背包的行人，有吆喝的小贩。目光飞进市场里面，水磨石的台面上挂满了一串串珍珠项链，走道上熙熙攘攘。

109路公交车15分钟一班，很快我们就坐上了班车。汽车在柏油马路上"沙沙"地前行，窗外的风景不断更新，一会儿是稻田，一会儿是村庄，一会儿是山林……半个小时就到了汽车站。接着又换乘去了火车站，买了凌晨1点多出发的火车票。

凌晨1点15分，我们进入站台，等候火车。路灯把整个站台照得亮堂堂。站台上到处是影子，有些影子躺在地上酣然大睡，有些影子像喝醉酒似的摇摇晃晃走来，时而与列车赛跑，时而又坐在地上看星星，听火车的鸣笛声……

我傻乎乎地看着地上那些影子，力群在一旁拽了我一下，提醒我："火车到站了，我们赶紧上车。"我们就排队依次进入车厢，找到座位坐下。没多久，我就倚着座椅睡了。

第二天早上10点左右，列车停靠在南京火车站。我们在车站附近找了一家旅馆住下。冲了个凉，换了身衣服，跟同伴打了个招呼，我便坐车去了汝祥伯家。

汝祥伯得知我要来，早就在楼下等候。他看见我走过来，一眼就认出我，直呼道："延东，柏荣的小儿子，一看就像你爸。"他边说边拉着我的手，带我上楼进了他家。

汝祥伯六十出头年纪，退休的他跟在农村的同龄人的确不一样，个子不高，但精神十足，西服笔挺，鼻梁上的那副眼镜给他增添了几分气质。尽管岁月在他的脸上留下了痕迹，但没有画上斑点，身上那件白色的确良衬衫一尘不染，而下身穿的牛仔裤更显得洋气……

　　我把我带来的一条珍珠项链和一包霉干菜放在桌子上，说了一句："汝祥伯，这是我的一点心意。"

　　"自家人还客气什么，真是的。"汝祥伯说道。

　　汝祥伯很健谈，老家的乡亲都叫他"胖天佬"。这次难得老家有人过来，他抓住机会尽情发挥。

　　他先跟我讲自己来南京的经历。那年，他中学毕业待业在家，为找工作写信给他大伯。他大伯叫何其浩，是中华人民共和国的开国少将，也是共和国成立后诸暨的第一位将军。他大伯回信给他，介绍他去南京汽车制造厂。汝祥伯有文化，人又机灵，而汽车制造厂正需要人才。后来，他就成了南京人，一晃四十多年过去了。接着又谈起老家，他说，长山与长乐旧时是一个村，

1995年作者和朋友合影

那时叫长山村，分三年和六年两个自然村，地处白塔湖畔，四面环水，马塘湖、香炉塘、埂下大潭、天溪坑等都因水而得名。中间有座山叫藕山，绵延三里，把村庄一分为二。清代时，"长山拳棒"扬名方圆百里，祖师爷是一位叫何芝山的拳师。芝山太公十八般武艺样样精通，能飞檐走壁。我眼都不眨地听着汝祥伯讲话。他喝了一口茶，又回到老话题，长山村在"三两八钿"时分为长山村和长乐村。汝祥伯提到的"三两八钿"是指1960年，那时我们国家正处于"三年困难时期"，举国上下共渡难关，一个十足劳力一天只能分到三两八钿的米。

"两个村只隔了条弄堂，长山这边称新屋道地，长乐那边叫狮子头，我和你爸是邻居。你爸是个大好人啊，可惜……"

这时，婶子从厨房里走出来，对汝祥伯说："阿祥，叫客人吃饭了。"婶子的话打断了汝祥伯的侃侃而谈。

吃完饭，稍坐了一会儿，我就跟着汝祥伯去了南京化工厂。

四

我们坐上公交车，在一个叫西止马营的站台下了车，远远就望见了南京化工厂的厂牌。进了大门，左转上楼第一间就是供应部。我看见正在办公的一位戴眼镜的中年男子，估计他就是经理。果真，经理看到汝祥伯就高兴地站了起来："老何，快坐，快坐。"说完，他就给我们沏茶。

我们在一旁坐了下来。我递了一张名片过去，顺手把准备好的两条珍珠项链放在他办公桌下面，说了句："经理，这是我老家的特产。"

经理笑了笑说:"珍珠香皂的销售不是很好,珍珠层粉几乎没有用,下次需要我会联系你的。"

"谢谢经理,给你添麻烦了。"我礼貌地回了一句。

"财务这边我已经签好字,等厂长签完字,货款就可以汇出,你放心。"经理说完,我马上接口说:"再次感谢经理,欢迎你来我们厂指导工作。"

我们聊了一会儿。汝祥伯见有客户找经理谈事,便起身告辞:"经理,不打扰你工作了,你先忙,下次再来拜访。"

跟经理握手道别后,两人又回到汝祥伯家。

刚进家门,汝祥伯一把挽住我的手,像是挽着篮子出去买菜的老大娘,他非要我留下来,吃了晚饭再回旅馆。

"汝祥伯,这次多亏你出面,我才要回了这笔货款。今天打扰你了,下次你回老家,我们再好好聚聚。还有你的提成,等款到了再汇给你。"

汝祥伯连声说:"没事,没事,不用记得那笔提成。"

"天色已晚,我得回去了。"我起身跟汝祥婶打了一个招呼,回了旅馆。

暮色渐浓,路灯次第亮起来,把城市天空照个透亮,马路、高楼、行人都被染成通红。我的影子像个变形金刚似的跟着我,有时在我脚下,有时在我身后,有时在左侧,有时又在右侧。

回到旅馆,上楼走到房间门口,推门进去,只见力群坐在床榻上。他手里拿着一沓钞票,有条不紊地数着。一旁站着的国林弓着腰,正盘点桌子上的珍珠首饰。满桌子都是珍珠项链、珍珠耳钉、珍珠吊坠……乍一看,简直就像打开了杜十娘的百宝箱。看来他们今天的收获不错。

国林见我进来，问我："南京化工厂的那笔货款办好了吧？"

我回话："还算顺当，办好了。"

"那就好，明天跟我们一起去夫子庙。今天我们去了，卖得还可以。"国林笑着说道。我没有吱声，朝他点了点头。

忙了一天，总算把三年的旧账要了回来。躺在床上，回想着这几年家里的不顺：珍珠被骗走、珍珠被没收、珠款打水漂……一连串的不幸都落在我们家。倘若母亲不去广州，在家插种珍珠，父亲培育小蚌，一家人专心养蚌育珠，安安逸逸的，也不会惹上那么多麻烦。倘若父亲把珍珠粉厂再坚持半年，我们家可以彻底打个翻身仗。西施、晶美、台胞、驻春、越翠，所有珍珠粉厂在那年都大赚几百万元，而龙牙珍珠粉厂却成为父亲的一个遗憾。倘若……千万个倘若，也换不回父亲的生命了。

躺在床上，我深深地叹了一口气。

五

秦淮河边的夫子庙，是一座祭祀孔子的庙宇，被誉为秦淮名胜。这样的名胜区自然能带动周边的旅游购物。满街商铺都在兜售工艺品，有诸暨珍珠、浦江水晶，当然还有南京本地的雨花石。我跟在国林他们身后，径直向商铺走去。

"老板，看看我的珍珠项链。"我看到这家商铺在卖珍珠项链，且他卖的珠链质量远远不如我手上带来的。说完我就把一条项链递给老板。

商铺是古色古香的木制房，面积不大，几平方米而已。店铺老板看上去四十来岁，操着一口南京本地口音。他问我："什么价?"老板将项链放在手上仔细端详着。

　　说实在，这批项链能吸引眼球，是因为漂白技术特别好，外表又白又亮。"自家养的珍珠，自产自销，三十五元一条。"我见老板有兴趣，便开了价。

　　"三十元一条吧，我全要。"

　　我心里一热，运气还真不错。这批抵债来的项链成本也只要二十五元一条，若按他的价格，我还有得赚呢。"老板，我们诸暨人做生意讲究爽快。好吧，反正这东西也是自己家的，薄利多销，这次就按你的价格来。"我数了数，刚好三十条。

　　老板把项链款递给了我，说道："九百元，你数一下，下次有货你就拿来。"

　　想不到生意这么好做，几分钟时间就成交了，卖出的价格还高出了抵来的价格。

　　我心里乐开了花。打算明天把剩下的七十条项链带来一起卖掉。这次回去，要把这个好消息告诉我母亲，让她也高兴一回。要是母亲能把这几十万元的欠款全部用珍珠项链抵过来，我拿去旅游市场销售，换来的钱足以支付珠农的货款。我以后就干这一行，全国那么多旅游胜地，我跑厦门鼓浪屿，跑杭州千岛湖，跑海南天涯海角……我开始规划起美好的未来。

　　第二天一早，我们又来到夫子庙，向昨天那个商家走去。

　　"老板，我把剩下的七十条项链带来了。"我微笑着与老板打招呼，发现老板脸上布满乌云。他板着脸走到我跟前，突然我眼前一黑，"啪"一声，我的脸上有热辣辣的疼痛。

　　还没等我回过神来，力群、国林一把拉住我。而旁边的商户也走了过来。只听见那个老板指着我的鼻子骂："妈的……"

旁边的商户来劝我们："你们是外地人，赶紧回去吧。"

我双眼直瞪着打我耳光的老板，胸中的怒火熊熊燃烧。我想还他一个巴掌，以解心头之恨。但在力群、国林的劝阻下，无奈地离开了夫子庙。

一路走，一路想，刚才发生的一幕始终挥之不去。眼前闪现着那个老板的身影，耳朵里回荡着他的恶语，脸上的痛隐隐约约还在。

是珠光遮住了他的双眼，看走眼也不用这样吧，大不了把货款退给他。我在心里咒骂："这种素质，生意肯定做不下去，迟早关门走人。"

六

我们三人后来进了一家面馆，要了三份牛肉炒面。

小吃店只有我们三人。不一会儿，服务生端出来三盘面。面条酱红色，盖着几片薄薄的五香牛肉片，上面还撒了点葱花。我虽然没有食欲，但在肚子的强烈要求下，还是不自觉地拿起了筷子。很快，一盘炒面装进了肚子里。

吃完就回了旅馆。进了房间，我一句话都懒得说，倒头就睡。房顶那只吊扇"哗哗哗"地响着，那响声似乎在安慰我，吹出来的凉风抚摸着我的全身，不知不觉我睡着了。

半夜，听到有人起床的声音，力群自言自语道："肚子好痛啊！"国林哈哈大笑："你这个肠胃不太争气。"而我只管自己睡，没有作声。

大概过了半个钟头，我的肚子一阵绞痛。"嘶"的一声，猛吸一口气,肚皮跟着往里缩。我急忙起身,一个劲往楼下厕所跑去。我刚蹲下,国林紧跟着也跑了进来,我们还没有起身,力群也蹲下来了。

我们三人就这样进行"车水战"。后来,连下楼的力气都没有了。

好不容易熬到第二天早上,急忙向旅馆老板打听附近哪里有医院。在老板的指引下,我们找到一家卫生院。医生说是食物中毒,需要挂盐水。三人坐在椅子上,睡眼惺忪地望着挂钩上的那几瓶盐水。

一夜折腾,三人像脱了水似的,脸色苍白。

力群有气无力地说了一句:"想不到这么晦气,唉……"

国林接着说:"昨天早上延东在夫子庙吃了亏,下午我们三人在面馆又吃了发霉的牛肉,真是倒霉透顶。"

"延东,你的珍珠项链增光漂白的确好,难怪那个老板会看走眼,以为拿到便宜货了,后来才会这样对付你。"

我耷拉着脑袋,苦笑着:"不说了,晚上去火车站看看车票,家里还有许多事,还是先回家吧。"

昨晚想到的美好,被那一巴掌打得无影无踪,梦想瞬间破灭。思绪回到家里,珍珠层粉厂半开半停,没有多少业务。蚌塘里尚有一批数量不多的珠蚌,但珍珠行情不好,剖了也卖不了多少钱。一切等回家后再说吧。

挂好盐水,我们在旅馆里歇息了一会儿。毕竟年纪轻,在盐水的作用下,身体像打了鸡血似的,体力很快恢复。

到了傍晚,在旅馆边上的小饭店里喝了点稀饭,就步行去了火车站。

七

南京火车站，前临玄武湖，后枕小红山，我记得火车站有个很大的广场。

我们三人各自在售票处排队买票。好不容易排到了，得到的却是同样的答复：南京到诸暨当天的票早已售完。三个人喋喋不休："真是晦气不脱身。"

正当我们心灰意冷地走出售票处，在车站广场徘徊时，有个人向我们走来。他好像知道我们没有买到票似的，轻声询问我们："你们要去哪里？"我们心里想着，居然碰到一位热心肠，三个人异口同声地说："要去浙江诸暨。"然后他告诉我们，说他在车站里面有熟人，可以买到当天的车票。我们这才明白，原来他是个黄牛。

国林和他交谈起来："我们要三张车票，时间要求是今天晚上9点20分那趟车。你能买到？"

黄牛直截了当地说："我去帮你们买。买来的话，一张票额外收费一百元。"

一张车票四十元，额外再收一百元，也就是一百四十元一张。我们付了他三百元，算是定金。然后跟着他又回到售票处。我们在一旁站着，三双眼睛同时朝那个方向看去，盯着他的一举一动。

不一会儿，黄牛向我们挥手示意，然后转身往广场方向快步走。我们紧跟着他到了车站广场。

"票拿着，剩下的一百二十元钱给我。"黄牛瞪着眼说。

国林拿到票一看，"怎么是明天凌晨2点多的火车？"便提高嗓门喊道，"这张票我们不要，说好是9点20分的车票……"

那个黄牛打了个暗号，五六个黄牛瞬间聚拢过来。

国林还在跟他们讲道理，只见五六双脚一个劲地朝他身上飞来。我和力群跑得快，没有挨着那"飞毛腿"。可怜我的堂兄国林，被他们踢了好几脚，他那白鳝般的身材怎经得起这一顿拳打脚踢，只见他双手捂着肚子蹲在地上，"哎哟、哎哟"直喊着。

好汉不吃眼前亏，我和力群搀扶着他，飞快撤退。

就这样，我们三人灰溜溜地逃回旅馆。耳边还嗡嗡地回响着一句话："再让我们看到你们，见一次打一次。"

坐在房间里，我们三人面面而觑。

"我看明天还是坐南京到诸暨的汽车，这趟车经过山下湖的。"我开口说了一句。

力群接着说："我看可以。"

国林神情沮丧，闷声不响，然后点了点头表示同意。

又是一个不眠之夜，躺在床上的我思绪万千。父亲走了四个多月，我第一次出远门竟发生了这么多事情，难道真的要我待在家里守孝三年？难道真的印证了阿婆的话？明天就要动身回家，希望能平平安安到家。

八

次日凌晨，我们退了房，打车去了汽车站。这次总算顺利，我们坐上了大巴车。

天气炎热，坐在大巴车里，汗水不断流出来。车上没有空调，只能开窗通风。汽车在国道上行驶了三个多小时，已是晌午时

分。往窗外探头一望，车到了宜兴地界。马路两边都是饭店、旅馆，还有汽车修理部。

车子停靠在一家饭店门口。听车上的老乘客说这是惯例，这家饭店是指定的。乘客们纷纷下车吃饭，驾驶员和售票员进入餐厅小包厢，而乘客们则在大厅用餐。

用完餐上车，大家各自回原来的座位就坐。靠近车门的那个座位，相对比较凉快，原来是力群的座位。等力群再上车，见有人已占了他的座位。力群很有礼貌地跟那位乘客说："师傅，这个位置是我的，请你坐到自己的位置上。"那人闭着眼睛没有理会力群。力群见他没反应，就轻轻地拉了他一下，不料那人甩开力群的手。这时，乘客们纷纷指责那人太不讲理。

我坐在力群的斜对面，看得一清二楚。此刻力群的脸色成了关公脸，这几天所受的委屈涌上心头，像个快要爆炸的氢气球。只见他双手拉住那人的衣领，咬牙切齿，使出浑身力气，用力一拉。只听见"砰"的一声，那个人的屁股重重地落在地上。力群回到他原来的座位上，车内的乘客齐声讨伐那人。那人从地上爬了起来，站在力群旁边，一声不吭，眼里露出凶光。

担心那个人报复力群，我和国林双手按在前座椅上，两脚拉开马步，死死地盯着他。

就这样，车子开到了萧山地带。眼看就要到一个大转盘时，那人叫驾驶员在转盘边上停下来。就在车子快要停下来的那一刻，我们三人的神经刹那间绷得紧紧的，眼珠子都快要冒出来了。那人俯身关了门阀，正当他伸手要拉开随身带的那只黑色公文包时，说时迟那时快，我和国林一个箭步就到了车门口，提脚向他身上蹬去。他见情况不妙，一个转身就逃下了车。

力群用手拉开门锁，关门后车子缓慢行驶。我们看到那个人正站在马路上，只见他从公文包里掏出一根短棍，猛烈地敲打着车头，眼睛里的那股凶光朝我们射来……

驾驶员狠狠地按了一下喇叭，汽车发出刺耳的响声，鸣笛而去。

九

坐在我旁边的乘客气愤地跟我说："刚才下车的乘客真是不讲理，还好没有伤及你的同伴，也不知道车子有没有受损。"我笑了笑说："嗯，是的，幸亏我们早有防备。"我们俩交谈了起来。

"听你的口音是山下湖店口方向的？"他问我。

"是的，我们是山下湖人。"我回答道。

接着他又问我："今年山下湖的珍珠销售形势怎么样？"

"形势不好，珍珠销售主要依赖出口，今年珍珠出口处于饱和状态。"我心里一阵酸楚。广东海丰那位黄老板还欠着我们家的珍珠款呢。这次来南京也是为了处理那批抵债得来的珍珠项链。

"哦，这倒是。"他见我脸色异样，说完话，就从兜里掏出一张名片递给我。我看了一眼，名片上烫着几个耀眼的金字：店口××五金汽配厂，陈××厂长。

跟山下湖不同，在湄池店口方向，人们大多从事五金汽配行业。

"陈老板，汽配行业生意不错吧？"我也问他。

"还好，我跑南京已有六年多时间，基本上每个月要去南京

好几趟，每次我都要带好几箱配件去南京。"他笑着回答。

"哦，那业务不错。"我的目光落在他的身上，见他春风拂面般的笑脸和一身西装革履，看来他业务应该做得不错。

我俩就这样你一句我一句地聊着，一直聊到车子开到店口。陈老板起身拿起行李，跟驾驶员说了一声："师傅，帮我开到前面的岔路口停一下。"

陈老板回头笑着跟我说："小伙子，有空来伢（方言，"我的"意思）厂里做客。"

"好咯，陈老板，那先再见。"我从座位上站起来，跟陈老板打了个招呼。

车子继续行驶，过了十多分钟就到了山下湖。我们在珍珠市场站台下了车。走了十多分钟，快到家门口时，老远就望见站在门口的阿婆，她似乎一直在等我回家。

阿婆看到我回来了，兴高采烈地拉住我的手说："阿东，你回来了。"

听见阿婆那熟悉又亲切的声音，想起去南京之前阿婆叮嘱我的那番话，又想到这几天在南京的遭遇，我眼泪汪汪地说："嗯，阿婆，我回来了。"

外　公

　　在我出生以前，父母亲已生育了两个男孩，他们一心想生个女儿。如果放到现在，母亲肯定会去医院找关系做个B超，倘若肚子里是个女孩，他们会像中了彩票似的，高兴得手舞足蹈，然后互相道喜："我说，要再生一个。你看，果真，这不是我们想要的女儿吗？"

　　"哇"的一声，怀胎十月一朝分娩，接生婆德姣婶抱出一个婴儿，父亲不是看孩子的脸蛋，而是迫不及待地解开尿布。父亲往里看了一眼，很快将尿布塞了回去，转身就走出了房门。父亲那会儿一定非常失望，怎么又是一个小不点？早知如此，当初还不如不要这第三胎。

　　心灰意冷的父母亲放出口风，要把我送给别人养。想要抱养男孩的家庭听闻风声后，纷纷来到我家，却被我外公一一挡了回去。上门来打听抱养消息的人中，就有必法奶奶。必法奶奶说，她有一个远房亲戚，在杭州部队里，想要个儿子，托她在乡下寻找。父母听到对方是部队家庭，生活条件肯定比我们好，就答应了必法奶奶。必法奶奶抱着我，满心欢喜地回到家，等待她那位远房亲戚前来接应。

　　不一会儿，外公回家了，他想看看他心爱的小外孙。小外孙刚才还在床上，怎么一下子不见了？在外公的追问下，父母亲道

出了实情。恼羞成怒的外公快步追到必法奶奶家,一把从必法奶奶手中将我抱了回来。这一抱,就是十三个年头,从此我就留在了外公身边。

外婆去世得早,外公含辛茹苦地把我母亲抚养成人。听老人们说,外公出去务工时,总是把我母亲带在身边。我母亲到十多岁时,还骑在外公的肩膀上。外公把这份爱延续到我身上,而我这个小外孙的到来,也给他的生活增添了乐趣。

外公是个美男子,他身材高大,相貌堂堂,浓眉下的那双大眼睛炯炯有神,鼻梁高挺,肤色白净,英气勃勃。外公的这些基因,我母亲完完全全继承了。

我入学后,是外公接送的,我可能是当时唯一有人接送的学生。外公每天早上背着我去上学。我双手按在外公的头上,两腿分开坐在外公的肩上。外公一只手拉着我的腿,另一只手翻过来按住我的背。如此一个"美男",竟成了我的"背夫"。放学后,外公又背我回家。每次到家,桌子上已经摆满了外公烧的带鱼、红烧肉……每到期末,我从学校里领回来"三好学生""学习积极分子"奖状,一字不识的外公走到哪里都要炫耀一番,说的都是同一句话——"我外孙在学校里拿到奖状了",好像是他外孙中了状元似的。

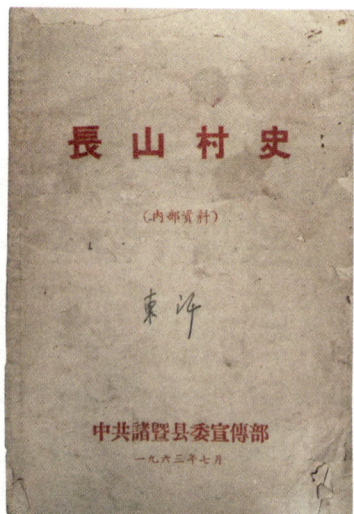

長 山 村 史

(內部資料)

東泙

中共諸暨县委宣傳部

一九六三年七月

长山村史

156

156

外 公

晚上我跟外公一起睡觉。但外公有两个习惯令我讨厌。

一个是外公睡觉打呼噜。外公一般很早就会入睡,一开始,呼噜声似微风习习,但过了一会儿,就"渐入佳境",开始放纵,"忽忽""咕咕"……一阵接着一阵,仿佛雷鸣。这时候,我就会毫不手软地摇醒外公。醒来后的外公,第一句话就是:"你怎么还没睡? 明天还要读书,早点睡吧。"外公只能先哄我入睡,然后他才入睡。

还有一个是外公使用夜壶。外公的夜壶通常放在床底下,酱黑色的夜壶跟茶壶一般大小,有着一张茶杯大的口,中间有个手柄。外公用起来的时候,我能听到一阵"咚咚咚"的声音,像是在敲小鼓,接下去的声音犹如水龙头没有拧紧似的,发出"滴答、滴答"的声音,而且还飘出一股臭味。此时,我会张口叫喊:"臭死了,臭死了。"听到我的叫喊声,外公便不再在我入睡前使用夜壶了。

外公爱喝酒,每次他修船回来,路过小店,会要上一盘茴香豆,再喝上几碗。有一次,外公喝得酩酊大醉,像武松打醉拳,摇摇晃晃地回家。小店离家不过几百米路,需经过一个小山坡,坡上有一块草地,眼看就要到家了,不想外公斗不过乙醇,竟倒在草地上呼呼大睡。

20世纪80年代,瓶装酒进入小店之后,外公对竹叶青酒青睐有加。每次我都自告奋勇去小店替他买酒,顺便拿点"回扣",弄颗芝麻糖解解馋。店门口,有几个"坏人"会"挑拨"我与外公的关系,他们和我说,小孩子跟老年人睡,"精气神"会被老年人吸走,对小孩子的身体有影响。我那么爱外公,才不去理会他们呢。

我懂事后，从隔壁老人那里了解到外公的一些旧事。外曾祖父有四儿四女，外公是长子，名叫洪仁，而洪水、洪德、洪周是他的三个弟弟。

二外公洪水住在外公家上沿。小时候，外公跟我提起过二外公，说他身材魁梧，在很小时就拜长山国术团何全清为师。二外公的长枪、夏升的流星、岳千的短拳在当地都小有名气。我从《长山村史》里看到过对二外公的一些记述。抗日战争期间，他跟汉奸赵江季干过架；中华人民共和国成立前，他当过农会的武装干事。

三外公在中华人民共和国成立前就去了下三府，就是现在的上海市青浦区，在那里安家落户。每逢老家有红白喜事，他都会赶回来。四兄弟当中，三外公性子最温顺，也最会做生意，60多岁时，还在朱家角镇上卖大饼、油条。他也回老家做过小生意。1993年，七十多岁的三外公带着三外婆，还有他们的孙子何佳毅，一起回到了老家，在老家住了一个多月。堂弟何佳毅那年才五岁，如今，三十出头的他还记得当年我曾带他去承包山上玩，因为上海青浦是平原，他在那里看不到山。三外公是兄弟姐妹当中最长寿的一位，活了九十一岁。我也曾去上海看望过几回，他常跟我提起，他落户的周塘村，村民中一半来自苏北，一半是绍兴人。我们村里就有好几户，像建林娘舅的几个堂兄弟、章虎伯的侄子侄女等。

四兄弟当中，小外公的相貌最像我外公，但他的脾气比我外公还要暴躁。他小时候，论打架，村里的小伙伴都不是他的对手，因为勇猛，他有了"洪周长毛"这个绰号。小外公年轻时参了军，参加过抗美援朝战争，退伍转业去了上海市公安局。听母亲说，小外公穿着警服回了趟老家，不知啥事跟我外公吵了一架，拿出手铐要把我外公带走。自从这次以后，小外公就跟我们不相往来。直到外公去世后，小外公才又回了趟老家，带着一位朋友来买珍珠。1995年，我去上海杨浦看望过小外公，他生活十分艰苦，住在河边的一间茅草房里，靠捡垃圾为生。

我的四个姑婆都是别人家的童养媳。大姑婆嫁陀山坞。二姑婆和小姑婆嫁白浦村。三姑婆的第一任丈夫是湖心村的，三姑丈很早就去世，后来三姑婆改嫁，她与三外公同住青浦周塘村。四个姑婆，我印象最深的是大姑婆。说起大姑婆，一位慈祥的老人走进我的眼帘。小时候，大姑婆会在我家住上一阵子，帮着娘家的侄子侄女洗衣做饭。有一次，我感到纳闷，大姑婆竟叫我外公为大娘舅，他们明明是兄妹，按理应该叫大哥的。后来才得知，大姑婆是按照她儿子的叫法。娘家侄女侄子条件好，她脸上也沾光。每次她回去，肩上挑一担，手上拎一包，风风光光地回到村里，成了村民最为羡慕的一位老人。

令我惊讶的是，外公十四岁就去学做船匠，勤奋好学的外公十七岁就样样拿得起了。那时候，他就能够独当一面"闯荡江湖"了。外公因为有一身好手艺，所以方圆几十里的渔民都要找他修船。外公的斧头声"砰砰砰"响彻方圆三里，他在给木船开凿时，发出"笃笃笃"的凿子声，那声音简直就像在敲战鼓。声名远播的外公，大家都尊他为"修船阿仁"。

外公还是村里的插秧能手。那时候，外公每次做工回来，还要到田畈里插秧。他做一个小时的活，能顶上别人半天工分。种田的时候，外公不会直起腰，我只看到他的身子在快速地往后退，他的手指频频接触水面的声音，我听起来似乎多了一丝质

感。那时的我，根本不知道这是种田能手才会有的动作，外公因此成了我们大队的插秧代表。大队与大队进行插秧技能交流时，大队干部点名要我外公上场。田里依次放好了秧捆，十多个人低着头，弓着腰，他们左手捏着秧苗，拇指不停地分秧，那速度简直能与点钞机出钞速度相比。右手像点穴那样把秧苗插进田里，只听见"籁籁籁"的插秧声，那阵势好像万箭齐发。一行到头，外公肯定是第一个走上田头，接着开始插种第二行。而且，外公种田从来不拉田绳。大队长看着别人被我外公"关"进田里，心中暗暗高兴。

外公干农活还有一个特别之处，就是他在干活的时候，田头总是放着一个酒鳌。别人家的酒鳌盛的是茶水，而我外公的酒鳌灌满了老酒。一行到头，外公会"咕咚咕咚"喝上几大口老酒。我很好奇，外公怎么把老酒当作凉茶喝呢。

听别人说，外公有个童养媳叫阿英，中华人民共和国成立前去了上海做保姆。我们村在中华人民共和国成立前是出了名的穷村，"三滴毛毛雨，一片白洋洋"，三年两头闹水灾。村里的妇女只好去上海做保姆，挣钱贴补家用。领头的是"小代嫂"，到了上海之后，会去钱锦高家落脚。钱锦高是外公的邻居，他在上海有房子。我的几位堂外婆都去了上海做保姆。三外婆在中华人民共和国成立前夕跟着东家去了香港，就一直住在香港，成了侨胞。外公脾气犟，阿英回家就挨打，她再次去了上海，后来就再也没有回来。外公的"坏"脾气出了名，以致没有一个姑娘肯嫁给他。

外公从来没有对我们三兄弟发过脾气，对我疼爱有加。但有一次我亲眼看见外公和别人吵架。那次是去村里看电视，外公拿了把椅子去村篮球场。为了抢位置,外公竟和一个年轻人吵了起来。那个人高马大的年轻人血气方刚,嘴不饶人。你一句,我一句,外公与他互不相让。旁边的村民过来劝架,这才平息。外公把椅子往身后一背,拉着我的手,生气地说:"电视我不看了。"说完就转身回家。后来,我母亲得知情况后,去广州买来了一台14寸的金星彩电。从此,外公再也不用去篮球场看电视了。

外公到了四十来岁这般年纪,才娶了我外婆。外婆是赐绯庙理发师王师傅的长女,她的第一任丈夫去世后,改嫁我外公。后来有了我母亲。我母亲出生不到半年,外婆意外去世了。听老人们说,那天外公家浇了地坪,动了土,说是外婆被"杀方"。按现在医学说法,应该是脑血管破裂导致死亡。外婆去世后,留下外公和我母亲相依为命。

我母亲有位同母异父的哥哥,他在外公这里待到九岁。我舅舅他们家族三代单传,硬是把我舅舅接了回去。从那以后,我舅舅每年正月初二都要到外公这里来拜年,在我家住上两三天。那时我母亲已经开始跑广州卖珍珠,每次从广州回来,总要给外公捎来两条"良友"香烟。在那个年代,玩香烟牌是男孩子最喜欢的娱乐活动。两只手夹住已经折好的香烟牌,一、二、三,话音刚落,两人同时丢下去,比香烟牌的大小。香烟牌也有价格,"雄狮"一分,"大重九"二分,"三五""箭牌""良友"这些外来烟起码五分。外公是位老烟民,我们三兄弟会不时查看外公手中的烟盒,看看还剩几支,盼着外公把烟抽完,就像自家的鸡在野外生蛋似的,等它下完,把鸡蛋放在手心,这才安心。

有一年的正月初二,舅舅和大表哥钱冰来给我外公拜年。

我们家是他们拜年的第一站,然后他们去舅公家,末站是我舅舅的干爹家。本来我们三兄弟是三人组合,如今增加一个,我们四人一边玩,一边偷偷地关注外公的香烟盒。外公眼神迷离,神态悠然,有滋有味地吸了一口,从嘴里缓缓吐出一团烟雾,烟雾瞬间散去。眼看香烟盒里面只剩下最后一支烟,就等外公抽完最后这支烟,我们四人可以就地"分赃"。这时,外公起身去准备饭菜,我们三兄弟觉得暂时无戏,就去一旁玩开了。我大表哥第一次看见标有英文字母的香烟盒,此刻,他左顾右盼见没有人,偷偷地把那支烟放在桌上,然后把烟盒塞进毛线裤里,藏了起来。外公回来后,发现只见香烟,不见烟盒。于是把我们四人叫了过来,一本正经地问道:"香烟盒谁拿去了?"我大表哥耷拉着头,脸色红一阵,白一阵。这时,刚好父亲看见,就跟外公说:"爸爸,新年新岁,不要去责怪孩子们。"外公听了之后,觉得有道理,就挥挥手忙自己的活去了。

在父母亲养蚌育珠的那些年,外公几乎包揽了家务。外公似乎成了父母亲的"贤内助",让父母亲能安心从事他们的珍珠事业。

外公平时去的最多的地方就是我们家屋后的公共用地。那边有上下两个台门,上台门住着才青和才均,章虎、贤林、全良住下台门。外公坐在竹椅上,泡上一杯茶,抽上一支烟,跟邻居们聊聊过往的事情。外公在山后孝思堂辈分大,台门里的人都尊外公为"阿仁叔公"。

"新屋还是老屋好……"那年村里来了位算命先生,扯着嗓门有说有唱。外公正好端坐在公共用地上,已经七十六岁的外公也想知道自己到底有多少阳寿,于是就让算命先生算了八字。

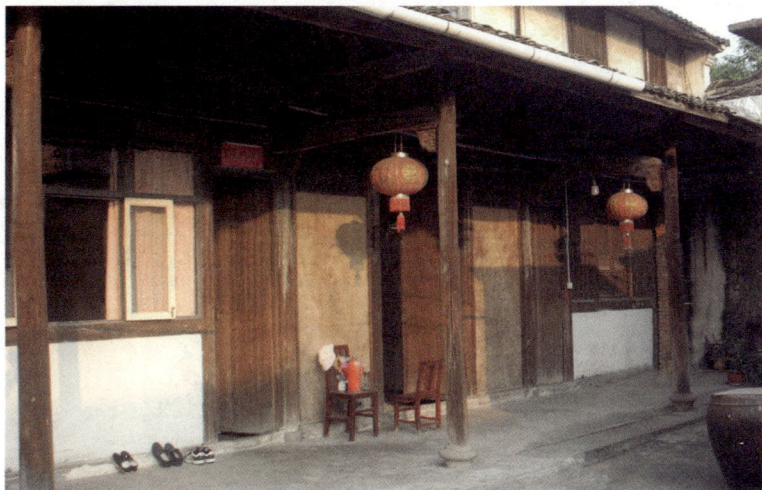

老台门

算命先生说："你只要逃过七十九，就能活到八十五。"

没想到真的印证了算命先生的话，外公最终还是没有逃过七十九岁的劫难。在他七十八岁那年起了病，送到医院，医生说外公全身器官衰竭，没有办法医治。那年，我母亲因追讨货款滞留广州。外公住院期间，是我父亲和我二哥轮流陪护。

病危的那天，家里正在收割早稻。外公的徒弟全良心急火燎地赶到田头，把这个不幸的消息告诉我们。回家的路上，我连走路的力气都没有，汗水、泪水一个劲地从脸上滚落。

外公出殡的那一刻，我独自蹲在老房子的墙角下，哭成了泪人。我与外公同床共榻十三年，如今竟阴阳两隔。

从那以后，每年的清明、中元和冬至，我都要去山上祭奠外公。这时候，我会在外公的坟前放上他生前最喜欢喝的竹叶青酒和最喜欢抽的"大重九"香烟，以寄托我对外公的哀思。

新长乐村航拍图

164

四季房散记

睡梦中被一阵"嗡嗡"的手机振动声吵醒，我连忙拿过手机接通，听到母亲气喘吁吁的声音传来："阿东，我们家的老房子倒掉了，你赶紧过来。"

听到老房子倒了，我并没有多少吃惊，觉得那是意料之中的事。

前几天去了趟老家，顺便看了看老房子，感觉它像一位病入膏肓的老人，戴着一顶破旧不堪的黑帽子，挂着拐杖孤零零地立在那里，一副摇摇欲坠的样子。房子外墙早已剥落，墙体愈加单薄了，如此弱不禁风的残体，怎经得起风吹雨打？加上最近持续阴雨，不倒才怪呢。

作者家的古宅

我赶紧起身穿好衣服，拉开窗帘，只见天空忽明忽暗。我胡乱地扒了几口早饭，便急匆匆开车去村里。

现场一片狼藉，散落的瓦片，横七竖八的椽子，杂乱无章地压在一起。

邻居阿康老婆端着饭碗走了过来，她边吃早饭边跟我说："干脆叫来挖机扒平，再种些花草……"

还没等她说完，母亲就顶过去了："你像个前出世，关你屁事。"

阿康老婆在左邻右舍中算是个能干女人。此刻只见她嘴唇皮上下蠕动，不知是在吃饭，还是在暗暗骂人。在母亲面前，她是棋逢对手，只好悻悻离开。

看着老家的这片狼籍，我的记忆却复活了，关于四季房的陈年旧事便汩汩冒出来。

一

我家的老房子是外公传下来的，源于我父亲是入赘女婿。从我外高祖父开始，到外曾祖、外祖、外公，再到我父母，老房子传承了一百多年。

外高祖父有三个儿子，三兄弟分家时，外高祖将房子一分为三。我外曾祖最小，分得了西南方向的一间房子。我外曾祖的名字叫阮道。外公以前跟我提起过，外曾祖父分到的房子原先是楼房。我大哥倒是见到过外曾祖母，她就住在这里。我只知道我外曾祖母姓蒋，是蒋家湾村人。我很小的时候，外曾祖母的两个弟弟也就是我的舅太公来过我家，其中一位去了桐乡。蒋

家湾村有位做酒师傅年年来我们村里做酒，他跟我外曾祖母是亲戚。

外高祖父后人有七十多位，传到我这里是第五代。目前，比我小的还有两代。外公是第三代，"洪"字辈，洪敖、洪仁、洪江等，都是嫡堂兄弟。下面是"生"字辈，吉生、桥生、旺生、灿生等，他们这一辈都是堂兄弟。我们这一辈名字就不连贯了，明杨、明贵、明光、明显、明奎、国林、国明、何冲、何车、大威、佳毅等。只有铜锣一响，堂兄弟们才会聚到一起，平时大家都各自为生计奔波。

外曾祖父的老房子，后来就成了我家用于堆放稻草的稻草房。稻草房前面还有一间黄泥垒起来的茅草间，是我们家的猪圈。那时外公每年要养上两头猪，上半年养一头，养大了就出售；下半年再养一头，到年底安排杀年猪。那个年代，每家每户都养猪。外公养的那头猪肥头大耳的，四只细脚支撑着两百来斤的体重，走起路来摇头扭屁股，一股盛气凌人的模样。饿了，它就"嗷嗷"大叫，主人若没有反应，它会发疯似的拱我们家的门槛。直到外公在猪槽里倒满泔水，它才一头扎进泔水里。吃饱喝足后，又大摇大摆地回猪圈里睡懒觉。

我们这一代很少有人捡猪粪。比我们年龄大的，大多捡过猪粪。那个时代，猪粪是不可多得的农家肥。

腊月一到，家家户户准备杀年猪，满村子就响彻猪的嚎叫。杀猪前，女主人早早就烧好了给猪褪毛用的开水，满满的一大桶，热气腾腾的，杀猪师傅磨刀霍霍。过年前的那几天里，整个村庄都在沸腾，似在吹响过年的嘹亮号角。

实行"土地联产承包责任制"，农民一般一年种两季水稻：

早稻和晚稻。稻草房自然是夏天堆早稻草,冬天堆晚稻草。我们家六亩八分田的稻草,全部塞在稻草房里,塞得满满的。有些农户没有稻草房,只好在田里堆草垛。堆草垛有讲究,是一门技术活。俗话说:"基础不牢,地动山摇。"草垛的脚基一定要做得扎实牢固,既要防得了台风,更要防得了雨淋。稻草垛远看像一朵蘑菇,下面小,上面大,一个大圆顶遮盖着垒得严严实实的整堆稻草。

我们生活在湖区,家里烧火做饭,用的全是稻草,所以稻草也是命根子。

那时候的灶台上,有里外两只淘镬,中间还有两只汤罐。灶面最早是石灰面,后来贴上了光滑油亮的瓷砖。里淘镬不常用,只在过年烧水或蒸菜时派用场。外淘镬也叫赤膊锅,炒菜烧饭都在这里。两个汤罐用于烧热水,下面的管子曲曲折折,所以也叫盘肠汤罐。与灶台搭配的还有风箱,后来有了鼓风机。

早、中、晚三餐饭时间,家家户户的烟囱都会冒烟。谁家冒的烟时间长,要么是大户人家,要么是家里来了客人。

冬天放学回家后,我总是一把拉起正在烧火的外公,自己坐在灶火口,暖暖身子。一捆稻草塞进灶火门,用火钳拨开,灶膛里就一片通红,我身上的寒冷顷刻间就被吓跑了。

灶火口有灰斗,拦着一块石板。火锹不断将灰挖出来,满了之后,父亲就挑到菜地里或是田里,成了最上等的肥料。

我们家六口人,亲朋好友来得多,一捆稻草只能烧一天。过了清明,烧饭的稻草就接不上了。所以每年的年底,小姑丈总会送一车柴给我们,一段一段的木柴,仿佛是给灶膛量身定制似的,而且特别耐烧,着实解了我们家的燃眉之急。

二

　　我家稻草间的门，一年四季都敞开着。

　　稻草间冬暖夏凉，所以猫呀狗呀最爱在里面做窝，就连隔壁阿婆家的母鸡也常来串门。稻草间时不时传出"咯咯哒、咯咯哒"的声音，那是母鸡把稻草间当成"产房"了。

　　每当母鸡的声音响起，阿婆的动作也开始了，她调动她那双元宝样的"三寸金莲"，缓缓移向稻草间。阿婆后面紧跟着她的孙子，也就是我的堂弟。堂弟五岁，穿开裆裤，两片光屁股跟着裤裆晃动。这一前一后、一高一矮、一老一幼的婆孙俩，构成一幅移动的漫画。

　　在高耸的稻草面前，阿婆一筹莫展。见我在旁边玩耍，就喊我："阿东，你爬上去，帮我捡鸡蛋。"

　　说起捡鸡蛋，我可是个内行了。母鸡通常会在草堆的"盆地"里下蛋，"盆地"大小正好容得下一只母鸡。母鸡认准之后，就不离不弃，一直在这里下蛋。

　　我像蜘蛛侠般在草堆中爬行，凭着经验很快就摸到了鸡蛋。我小心翼翼地捡起鸡蛋，轻轻地放在手心。"阿婆，鸡蛋找到了。"我一手举起鸡蛋，一手按住草堆，慢慢从草堆上滑下来。

　　阿婆眯着双眼，慈祥地对我说："真是个好孩子。"她从我手上取走鸡蛋，又移动她那双"元宝脚"慢悠悠地往回走。

　　阿婆家的鸡有时会跑到屋后小山坡上产蛋。

　　小山坡叫藕山，因为长得像一支藕。共有三节，我们这里是第一节。它实在太小，高不过几米，直径最多五十米，绵延三里。起点是白塔湖畔的小流尾巴，终点是老枫桥江的鸡笼石。清代有个名叫郭凤沼的诗人，写了一首《青梅词》，说的就是藕山："乌槎白沥树萦环，四月樱桃血色殷。露叶五更莺未起，游船齐泊藕山湾。"据说，早在几百年前，藕山就是游客畅游白塔湖的启航之地了。

山坡经过平整硬化后，成了生产队的晒场。坡边有杂草，鸡喜欢在无人问津的地方下蛋。阿婆看着鸡"咯咯哒、咯咯哒"地从山坡上飞下来，就来喊我去帮她寻找鸡蛋。

山上有两间房子，是九队的仓库和牛棚，仓库边上还有一处断墙。我们一群孩子，一放学就聚在这里，玩一种游戏——打弹子。在泥地里挖三个小洞，洞口有手心那么大，洞与洞的间距约五十厘米，排列成三角形。我们卧倒在地，手里拿着弹珠，眼睛死死盯住洞口。手指轻轻一弹，弹珠就朝洞口滚过去。如果弹珠连进三洞，就算赢了比赛，输方就把弹珠送给赢方。

二

稻草房也是猫和老鼠的战场。猫和老鼠各自占据地盘，猫在草堆上，老鼠在草堆下。这对天敌平常倒也相安无事，但到清明前后，稻草也快烧完了，当稻草房剩下最后几捆稻草时，父亲会喊上我们兄弟仨，全副武装地去抓老鼠。

在稻草间，当父亲迅捷地拎起堆在墙角的那捆稻草时，大小老鼠无所依凭，像一支溃败的部队，往四处拼命逃窜。刹那间，大哥挥动锄头，二哥扬起铁锹，而我挥舞着手上的榔槌，一齐砸向那群左奔右躲的老鼠。跟在我们屁股后头的家猫，此时发挥了它的特长，纵身扑过去，死死咬住老鼠的喉咙，它根本不顾老

鼠"吱吱"的哀鸣,叼起它就往外面跑,去享受它的美餐了。

我读小学三年级时,家里买了电视机,十四寸的金星彩电,只能收看中央电视台第四频道和第六频道两个频道。那时候普通老百姓家有电视机的还很少,同学们经常到我家来看电视,我家二十多平方米的正屋,一到晚上就被观众挤得满满当当。

那个年代流行的是日本片,我们小孩子最喜欢看的节目是日本动画片《阿童木》,大人们喜欢看的则是山口百惠主演的《阿信》。我母亲每次从广州回来,总会带来新鲜荔枝,看电视的时候就分上几粒给在场的观众。

我外公不光养猪、养狗、养鸡,还养了只猫。

每次母猫生了小猫,亲朋好友都会来讨要,外公每每为小猫不够分而发愁。猫崽生在稻草房里,"喵喵"叫个不停,外公听见了猫叫声,却怎么也找不到那窝小猫。我们三兄弟也束手无策,不敢去抓小猫,因为几次被母猫抓出过血。我有个同学叫华根,绰号小狗,经常来我家看电视,他自告奋勇地帮我外公逮猫,我们逮不住的小猫,每次他都手到擒来。但有一次他也失手了,没逃过母猫的袭击,手背上留下了一道道血淋淋的猫爪印。

有一年,稻草房差点失火。那是一个寒假,我们几个小孩在家里玩耍,我看见堂弟和堂妹拿着蜡烛进了稻草房。当时只顾自己玩,没有顾及他们要去干什么。不一会儿,一股烟味从稻草房飘来,又看见堂弟和堂妹从稻草房跑了出来。我感觉好奇,飞快地跑到稻草房门口,一看里面已经烟雾缭绕,我急忙大声呼叫:"着火了,着火了……"几个大人提着水桶飞奔而来,火很快被扑灭了。

这次救了稻草房,父母在两个哥哥面前特意表扬了我一番。

想着往事，看着眼前的景象，我决定把这间祖宅修缮好，把这份记忆留存下来。泥墙砌成砖墙，土瓦换成琉璃瓦。

四

其实，稻草间只是我们家的柴房间而已。稻草房斜对面的三间平房，才是我们家的住房。我在这三间平房里度过了童年。

这三间平房是外公在中华人民共和国成立后建造的。面积有八十多平方米。白色的墙，黑色的瓦。听老人们说，这里原来是孝义堂的一个香火间，是我们家族祭祀祖先的场所。"破四旧"后，香火间拆除了，后来这里就变成了我外公的宅基地。

正屋面积不到三十平方米。里面放着一张八仙桌、一张四仙桌，中间摆放着一台十四寸的彩色电视机。

我们一家六口，平常日子是围着四仙桌吃饭。到了农历年底，八仙桌就开始忙碌起来了。请菩萨，拜祖宗，八仙桌上摆满了各种祭品。等烧完元宝和经票，炮仗"噼里啪啦"响过，一家人就围坐在八仙桌旁，八仙桌上摆着三鲜、糖醋鱼、红烧肉、猪大肠、猪舌头、西施豆腐……我们吃完大餐，外公、父母会给我们三兄弟分压岁钱，这是我们三兄弟一年中最为开心的时刻。

那些年，村子里办红白喜事，都会来借八仙桌、凳子还有碗筷。要是谁家娶老婆，还要叫上一帮行郎，抬的抬，挑的挑，排成一个长队，敲锣打鼓。路旁看热闹的人群，掐着手指头数嫁妆，是十八担，是二十担，还是二十二担？……这些嫁妆里就有八仙桌。

正屋右边那间平房，是父母和两个哥哥的卧室。父亲用铅

丝拉起了一个顶棚，上面铺了一张塑料薄膜，成了最简单的吊顶。既能防尘，又能防寒。遇到台风天，上面的薄膜会跟着风一起舞动。进门最先见到的是一台缝纫机，往里面依次摆放的是五斗柜、衣柜，柜子对面是两张床。房顶中间挂着一盏40瓦的白炽灯，晚上这盏灯发出的微弱的光，给房间带来光明。

正屋左边的那间平房，一分为二：前半间是厨房，我们全家一日三餐都在这里，外公是全家的"炊事班长"；后半间是外公和我的卧室，白天木门窗一关，室内就一片漆黑。一定是在这间暗室住惯了，后来搬入新屋后，外公总嫌房间太亮，因住不太习惯，他又搬回了老房子。

我家门口有片公共用地，挨着墙角竖着一根十多米长的竹竿，竹竿顶部装着电视机天线，有了天线才能收看电视。那时候看电视很费劲，看着看着信号就断掉了，电视"滋滋滋"地变成了满屏的雪花片。这时，我们就要调信号了。二哥跑去转动竹竿，调整天线位置；大哥紧盯电视机屏幕；我当通信员，负责传话。我们的语言是这样的："再转一下——""稍微转一点点——""好了吗——""没有——""往回转一下——""到底是左转还是右转——""好了好了——""有没有——""有了有了。"

夏天的傍晚，小道地上凉风习习。这时，外公会把四仙桌搬到道地上，伴着鸡鸣狗吠，看着缕缕炊烟，一家人围着桌子乘凉吃饭。

五

我们家坐落在山后自然村，背靠藕山，前枕白塔湖。大墙弄和小墙弄，是山后自然村通向外界的两个通道，但进出却需要翻山越岭。

我们山后自然村向来都很团结，大家商议，把大墙弄和小墙弄的山坡移平，让山路变成坦途。威望较高的两位长辈，正传外公和根灿阿伯，发动村民集资，共收到捐款三千多元，我父亲捐了一百元。

当时施工条件很落后，根本没有机械化，全靠人工抡锤子、凿炮眼，因此"叮当叮当"的锤子声一度响彻在我们村的上空。山脚边布满了民房，放炮时必须控制好炸药的量。用的是小炮，放炮时上面压着稻草。炸出来的泥石，用独轮车一车一车搬运出去。像愚公移山，历时三个多月，一条长五十米、宽两米的山路终于开通了。从此，自行车可以一脚蹬到底，再也不用推着自行车爬岭了。

岭开通了，但路面还是坑坑洼洼的泥石路。贯穿整个山后的，是一条长约五百米、宽两米的羊肠小道。我们家公共用地的下面就是一块烂地，十来

小巷弄

户人家的污水都汇聚在这里。平时途经这里，必须捏住鼻子，夏天更是蚊蝇的天下。

1985年春，几位家族长辈发动山后捐款修路。十元，二十元，一百元，二百元，共收到捐款三千多元，我父亲捐了二百元。开挖排水沟，整理路基，拓宽路面，浇筑水泥路，历时一个多月，一条崭新的水泥路修建完工。

六

现在，我偶尔会去老房子走走。当我站在小道地上，眼睛落在屋檐下的那瓦片时，突然眼前一亮，那瓦片檐口竟挂满了一根根晶莹透亮的"寸管糖"。这是幻觉，这是瓦片将我带回到了那个年代。

小时候的天气特别寒冷。大雪过后，瓦楞下就会有一根根雪水结成的"寸管糖"长出来。我手持一根木棒，把"寸管糖"敲下来。牙齿不惧寒冷，用力咬它，会发出"咯哒、咯哒"的声音。虽然不甜，但心里快乐。

我们一群小孩经常在雪地里堆雪人，打雪仗。雪球从手上呼呼飞出去，啪的一声打中对方，打中的地方就会留下白色的记号。玩得起劲时，我堂舅会趁我不备，把我整个人按倒在雪地里，等我爬起来的时候，一个人影出现在雪地上了。

夏天，最热的时候，卖棒冰的师傅骑着自行车叫上门来。他知道我们这里小孩子特别多，就把车子停在我堂舅家屋背后，不停地吆喝："棒冰嗒啦棒冰……赤豆棒冰五分一支，奶油棒冰一角一支，棒冰嗒啦棒冰……"表弟大威经不起棒冰的诱惑，一把摇醒熟睡中的父亲，哭闹着要买棒冰。我堂舅起来，拉开窗户，朝着棒冰师傅一顿臭骂："每次我们睡午觉时，你叫得最响，你到别的地方去卖……"

棒冰在那个年代是最好的降暑美食。那时候我已经有了自己的零花钱。最奢侈的一天，我吃掉了九支棒冰。

暑假的整个下午，我和小伙伴基本是泡在水里的。我们在石头缝里摸螺蛳、河虾，还要比一比水性，我们像鱼一样潜入水里，看谁最后浮出水面。三十秒，四十秒，五十秒，不少小伙伴憋不住，纷纷探出头来，他们左看右看，看看对手们有没有上来。有一次，詹飞与詹松两兄弟在游泳时发生争吵，詹飞怒气冲冲地把詹松按到水里，按了好几回。后来詹松突然不见了，这下大家才惊慌起来，分头寻找。我们在水里摸啊摸，我摸到一个软绵绵的东西，顺着再往上一摸，原来是詹松的脚。我急忙呼叫同伴，大家一起将他拉上岸。老天保佑，没有发生意外。

我们一群孩子还经常在岸上比赛投石打水漂。所有人在湖边一字排开，手上捏一块石头，有时候是小瓦片，脚下放着一堆小石块。按从右到左的顺序，依次向湖中投出一个石块。有时候比谁的石头飞得最远，有时候比谁的石头在水面上跳动的次数最多。

七

童年时，父亲常带我去蚌塘。去的最多的是蝴蝶角的一处水域，划船过去要十多分钟。

蝴蝶角水域是草湖、马塘湖的水流道之一，水域流动性好。

蝴蝶角水域珍珠养殖

上游有许多富营养的肥料流下来,比较有利于河蚌的生长。

　　父亲在检查完河蚌之后,会拿起放在水底下的虾笼、鲶鱼筒。当抓到青米虾时,父亲会叫我张开嘴巴,他把青米虾塞进我的嘴里,我咽了下去。父亲说,这是天然的珠翠之珍,补身体的。

　　夏天的时候,父亲会带着我们三兄弟去自家蚌塘里摸蚌。每人给一只桶,让我们沿着挂绳,依次寻找掉落在水底的珠蚌。我们先是用脚踩,感应到应该是河蚌了,就屏气钻入水底,将珠蚌捞上来,然后再将它重新挂在浮球下面。

　　到了冬天,父亲就开始起蚌。我们一家人围坐在小道地上剖蚌。那时我还年幼,父亲给我的任务,是让我挖外套膜里的珍珠。我用手在河蚌的外套膜里掏珍珠,一粒一粒的珍珠放进搪瓷面盆中。我挖过后,父亲还会再仔细检查一遍,看看蚌肉里有没有遗漏的珍珠。

剩下的蚌肉用来喂鸡喂鸭，吃了河蚌肉的鸡鸭，下的蛋特别大。

父亲把珍珠卖给诸暨外贸公司、无锡药材公司。一千多元，二千多元，一笔笔巨款存入父亲的银行账户里，我们家成了远近有名的"万元户"。

我们家的十四寸彩色电视机，就是养珍珠致富后买的。

电视机出现在我们村，是在20世纪70年代末。第一台电视机是从香港带回来的，还是一台黑白电视机。后来，村里买了一台二十一寸日本"东芝"彩电，电视机放在篮球场边上的村会议室里。有一次看武打片《少林寺》，篮球场上人山人海，男女老少齐出动，整个村子的人都跑出来了。我父亲是电视放映员，又是村干部，负责维持秩序。

珍珠收购发票与凭证

八

　　我们兄弟三人像雨后春笋，在快速长高。我大哥差不多跟父亲一样高了。此时，家里也有了不少积蓄。于是在1984年，父母商量决定，买下了生产队的仓库，并着手开始建新房。

　　那时候农村建房子，要么原拆原建，要么向村里买老房子，要么向生产队买仓库、牛棚。农田是宝，那时根本不会考虑在农田上建房。我们村大多利用废弃的堤埂或山秧地，作为农户的宅基地。

　　村里有个废弃的猪场，安排作为宅基地进行招标。父亲也去竞标，结果相差几百元而落标。后来父亲买了八队和十队的仓库。仓库在车湖塘边上，前面是八队和十队的大晒场，后面是通往七里村的一条机耕路。

1984年作者全家照

父亲安排建造一幢四间两弄的三层楼房。父母早就计划好了，以后把这四间房子分给我大哥和我二哥。那个时候，我们村只有一幢三层楼房，是木根外公在自家老房子上翻建的。我们家的楼房，是村里出现的第二幢三层楼房。

造房子是百年基业，施工是关键。父亲叫了邻近三村名声最响的明贵师傅和品尚师傅。明贵师傅是我堂姑父，又是我堂哥，因为他本人是我母亲的堂侄，他老婆是我父亲的堂妹。明贵师傅个子不高，技术一流，是一个全能的泥瓦匠。他力气真大，六百多斤的大石块，他和搭档抬得轻轻松松。他不仅砌砖技艺精湛，而且还会画建筑设计图。他给我家开出了一张材料单子：红砖六万块、水泥二十吨、钢筋……

木匠请的是品尚师傅，村里人都称他为"大木匠"。大木匠看过图纸后，也开出了一张材料清单，木门、木窗、梁、椽子……

父亲拿着他们开出的单子，四处比质询价。邵家埠砖厂的砖块烧得最透，当然就用它家了。方圆数十里只有湄池供销社才有钢筋出售，那不必比较了。木材自然是联系父亲在山区的朋友……父亲做到了"兵马未动，粮草先行"。

破土动工的那天，我们家的亲朋好友都来帮忙，挖土的挖土，抬石的抬石，一派热火朝天的场面。

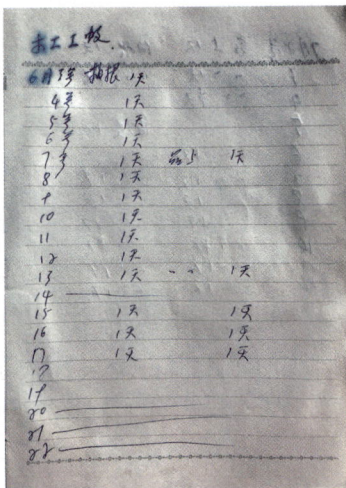

1985年作者父亲的笔记

外公是内勤，不仅要安排好施工队的中饭和晚饭，下午还要准备点心，光是茶水，一天都要烧上好几锅。

我们家的房子在当时是造得比较考究的。父母考虑到白塔湖台风较多，且又处于风口，所以用的是钢筋混凝土结构，红砖实叠到顶。

那时候还没有套间的概念，我家的房子是笔直一排。所有门窗全部用木头制作，木匠做了几百工。

房子建到一半，家里发生意外，工程停了半年。那年母亲去广州卖珍珠时，被骗子骗去了三万多元珠款。直到年底，父亲剖蚌采珠卖了三万多元，才续上了资金，房子得以重新开工。

经过两年多施工，四间两弄的新楼拔地而起。从白塔湖西南方向的草江村，一直到东边的何家山村，我家这幢一字形排开的三层高楼，始终是视觉的焦点。

楼房外表十分气派。站在晒场，抬头仰望：瓷砖装扮着天沟，将瓦片的檐口都包覆进去了；顺着天沟一直延伸到墙角，安装了一排白色的水泥花窗，几何形的图案给房子增添了一抹古韵；走廊的护栏面镶嵌着绿色的玻璃碎片，在阳光下熠熠生辉。

屋内有宽敞明亮的大厅，色彩绚丽的地砖让人眼花缭乱，透过晶莹透亮的玻璃窗能一眼看到对面的湖塘……建筑面积400多平方米，十二个房间，而我家只有六口人。

乔迁新居的那一天，父亲脸上露出"珍珠"般的笑容。

这四间两弄的楼房，成了我们村年轻人的大本营。我大哥的、我二哥的，还有我的一帮小伙伴，到了晚上，他们全睡在我家，在地上铺上席子，睡一个大通铺。

九

我家走廊下面是晒场。一天下午，刚刚还是火辣辣的太阳，突然就下起了大雨。人们全家出动收谷子，扫的扫，装的装，挑的挑，唯独乃煦家的不见人去收。父亲见状，二话不说，带着我们三兄弟去帮忙，将乃煦家的稻谷搬到家里。这批稻谷，乃煦是打算缴公粮的。等乃煦从畈外赶来，我们早已将他家的稻谷抢收完了。

我家门口还举办过一场文艺晚会，发起人是我哥和益群哥。那天晚上，看演出的观众里三层外三层，连我家楼上都站满了人。

七里村有位民间文艺爱好者叫仲山师傅，他既会拉胡琴又会吹口琴，由此拉开了晚会的序幕。我大哥演了一个小品，让观众捧腹大笑。伟东激情高昂地唱了《冬天里的一把火》，唱出了费翔的感觉。益群哥的一个同学是杭大音乐系的学生，他一边弹吉他一边演唱，博得观众阵阵喝彩。把晚会推向高潮的是我大哥的同学何燕萍，她获得过诸暨市首届卡拉OK大奖赛冠军，她演唱了一曲《奉献》，热烈的掌声一浪接一浪，观众们叫着："再来一首！再来一首！"盛情难却，她又唱了一曲《黄土高坡》。整台晚会还录了音，第二天送到西江乡广播站，在广播里连续播放。当时，这台晚会是老百姓非常难得的精神大餐。

1993年初夏，诸暨电视台来采访我的父母亲。电视台毛艳阳老师一会儿介绍我父亲在蚌塘里养蚌育珠的细节，一会儿又拍摄我母亲挑珍珠的场景。当听到我家屋后有一个河蚌繁殖基地，毛艳阳老师非要去采风不可，想深度了解河蚌是怎么来的。

父亲就带着摄制组去了基地。当父亲拿起一条汪刺鱼时，离开了水的汪刺鱼敞开了它的大鳃，发出"吱吱"的叫声。我父亲把这条汪刺鱼拿到毛艳阳老师跟前，刚要开始介绍，汪刺鱼背部竖起来的骨刺，吓得毛艳阳老师连连后退。如此凶猛的汪刺鱼，竟然是河蚌的寄生鱼。这档节目后来在"今天我休息"栏目里播出。

进入21世纪，我们家从传统的养珍珠、卖珍珠，转型到珍珠的深加工。我注册了公司，并在村里建了厂房，办起了珍珠粉厂。

中国加入WTO，给各行各业带来前所未有的发展机遇，产品销售猛增，原先的厂房远远满足不了产能。于是，在2012年，我在山下湖工业区买地建新厂房。同时，考虑到工作方便，又在工业区附近购置了套房。

从那以后，我离开了居住四十年的老家，举家搬到了镇上。

从曾祖父的泥房，外祖父的平房，父母亲的楼房，再到我的厂房，从中华人民共和国成立前，到中华人民共和国成立后，到改革开放，到进入21世纪，四代人住房的变化，折射出时代的变迁。用一个成语来形容，那就是——翻天覆地。

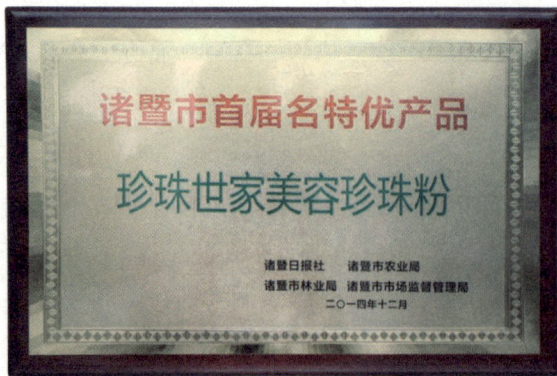

获奖证书

生产队的故事

一

在整理父亲的遗物时，我发现一张盖有西江公社革命委员会公章的收款单，日期是1977年7月17日，收据内容是：长乐大队第二生产队单干养蚌户何柏荣，第一次缴来退赔款壹佰柒拾圆整。从票据内容可以看到，那时候乡镇叫人民公社，村叫大队，我父亲是长乐大队第二生产队社员。

从20世纪50年代末到80年代初的二十多年时间里，人民公社体制在农村推行，农户把土地、牲畜等生产资料和生产工具有偿或者无偿提供给人民公社。原来的长乐村变成了西江公社所辖的一个集体组织，也是当时最低级别的，被唤作长乐大队。

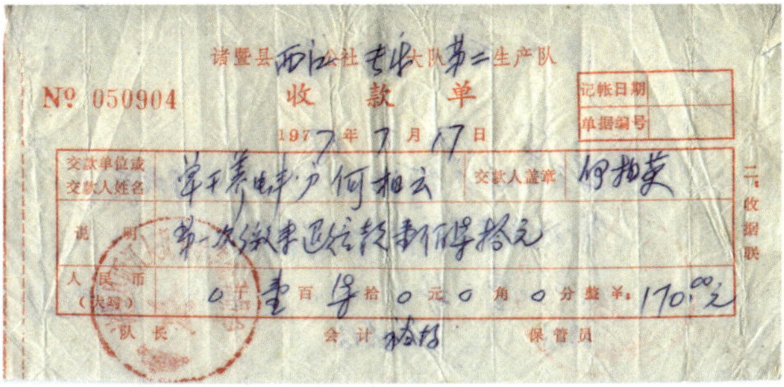
诸暨县西江公社长乐大队第二生产队
№ 050904 收款单
1977年7月17日
记帐日期
单据编号
交款单位或交款人姓名 单干养蚌户何柏荣 交款人盖章 何柏荣
说明 第一次缴来退赔款壹佰柒拾元
人民币（大写） 0千壹百柒拾0元0角0分整 ￥：170.00元
队长 会计 保管员
二 收据联

罚款单

　　长乐大队共有十一个生产队，还有一个副业队。一个生产队有一百多号人，一百多亩水田。生产队里最重要的角色是安排生产的队长和考核工分的会计，他们是决定社员命运的主宰者。每个生产队都有自己的绝活，比如一队经济收益最好，六队粮食产量最高，八队种的藕特别好吃……说起八队种的藕，为了能尝到那甘甜的藕，我曾有过一次"偷藕"行为。

　　那次"偷藕"，我也不得不说一个人，他叫何仲校。仲校哥比我大八岁，可惜还是少年的他过早地离开了学堂。仲校哥有着成年人的老到，一米七的个子，讲起话来露出两颗尖尖的虎牙，喉结像一粒小球高高凸出，发出的声音如雷鸣般隆隆响。

　　有一次，他跟我们讲到"对面山"山洞里爬出一条晒箕那么粗的蛇，在一个风雨雷电交加的晚上，那条蛇腾云驾雾飞上了天；他还说他爸种的番薯比热水壶还要大，一个番薯有十多斤重，他们一家八口人，做成早餐可以吃上个两三天；他又说起他们家养了一只八哥，那只八哥只要见到他，就会唱歌给他听……他总是知道的那么多，不知不觉成了我心中的偶像。

　　某个夏天的中午，他和往常一样来到我家，就开始讲双莲塘的一方藕。他说他吃过那藕，味道像豆腐那样嫩，有白糖那么甜。他讲得头头是道，我瞪着眼睛，竖起耳朵，听得津津有味，恨不得从他的牙缝里抠下一块藕来解解馋。他说他可以带我们三兄弟去挖藕，我们经不起那份诱惑，我和大哥就跟着他去双莲塘，留下二哥看家。

　　双莲塘位于白塔湖中央，对岸是七里大队，面积有60多亩，全部种上了藕，藕塘归属第八生产队。

　　我们兄弟俩跟在仲校身后，沿着田间小路，走过一片水稻田。禾苗正伸展开几片嫩叶，在阳光下朝我们微笑，田鸡从我们脚背上跃过，"扑通"一声，钻入稻田里。估摸走了半个小时，只见一片绿海，一张张荷叶在微风中向我们招手，一朵朵荷花在一片绿色中争奇斗艳。

此时，仲校哥叫我大哥放哨，要我看好他的衣裤。说完就一个转身跳入藕塘。

我坐在田埂上看着仲校哥在荷塘里"偷藕"，只见他下颌贴着水，双手举得老高，双脚不停地踩动，一个个水泡跟着冒了上来。我心里想着：那嫩白的莲藕此刻正躺在淤泥之中。又回想着仲校哥说过的豆腐和白糖，于是我咽了咽口水。

不一会儿，仲校哥举着一根跟我一样高的莲藕，往岸上扔，"啪"的一声摔在地上，在藕节处摔成两段。接着又扔了一根上来，并向我喊道："延东，这根小藕我已经洗干净了，给你尝尝。"我拿在手上，这根小藕只有我手臂那么粗。我一口咬了下去，还真跟仲校哥说的那样，跟豆腐一样嫩，有白糖那么甜。

这时，大哥跑了过来，他像一只狗那样喘着粗气大声喊道："不好了，有一帮人朝这边过来了。"仲校哥听到后，急忙游到岸边，探起身子一把抓住他的衣裤，往对岸游去。

转眼间这帮人已经到了我们跟前，其中一个人气势汹汹地一把夺走我手中那根藕。我耷拉着头，眼睛看着田埂，两只耳朵火辣辣的，感觉像在燃烧；心跳加速，像要跳出来似的。只听见有人在说："老虎叔，塘里那个人我看是章虎家的小鬼，我们找章虎去。"另一个人跟着说："那这两个小鬼怎么办？""我认得他们是柏荣的儿子，算了吧。"那个人回答说。

我听到他们这样说，于是偷偷瞄了一眼。我看到那个人是

亦许叔，上次他为了八队的事找过我爸，因为我爸是大队干部。

在他们的默许下，我跟着大哥回了家。第二天早上，我爸把我们三兄弟叫来，他板着脸对我们说道："你们做的好事，昨天晚上，仲校他爸去处理这件事，当面向八队队长赔了礼，道了歉，这件事才算完。以后不要再做这样的傻事。"我们三兄弟连忙点头。

那么多年过去了，可这件事一直在我心底抹不去，耳边时刻会响起父亲的那句话"以后不要再做这样的傻事"。

一

五队有位五保户，村里人都叫她长水太婆，关于她的趣闻还真不少。

冬至，一个漫长的黑夜悄悄来到。

与往年一样，冬至过后，长水太婆的女儿会接她去住上一段时间。那时，村口常常站着一位拄着拐杖的老人。灰白的短发，稀疏的眉毛，眼袋红肿，细缝似的眼睛一片混浊，高耸的颧骨上包了一层"老树皮"。一年四季都穿着一件靛蓝色大襟衫，青布裤子。她摆出"孙行者"式的瞭望姿势，一只手遮在眼睑上方，向远处张望。见路人过来，便问道："同志，你有没有看见我女儿婉云？"路人摇了摇头说："我没有看见你的女儿。"长水太婆便失望地自语道："婉云怎么还不来接我……"就这样一直等到夕阳西沉，方才回家。

长水太婆跟我外公是远房族亲，她长我外公一辈。我从外公那里了解到长水太婆的一些旧事。长水太婆原名杨爱珍，早年靠要饭讨生计,抗日战争期间她从枫桥逃难到了长山村,是长水收留了她,之后两人便结为夫妻。长水早年病故,留下两个未成年的儿子和一个幼女。不幸的是,两个儿子在池塘边玩耍,溺水而亡,唯一的女儿后来也远嫁他乡。长水太婆成了一位无人赡养的孤寡老人,村里便给她办理了"五保户"。

长水太婆有她自己的一手绝活,她虽大字不识一个,但说起话来却头头是道。有人说她在小时候经高人传授,学得《相骂本》和《劝世文》,里面的内容,她能烂熟于心,倒背如流。说什么"人在做,天在看""不是不报,时辰不到;时辰一到,全部倒灶"等等,说起来像一首首打油诗,让人听起来津津有味。

我去过她家两次,一次是学校组织活动,义务为"五保户"搞卫生,还有一次是跟做电工的父亲去她家修电灯。

长水太婆家里极其简陋,一口没有烟囱的灶台,一张七洞八孔的八仙桌,两把断了臂残了腿的椅子,桌子上方挂着一把麦草扇,估摸是热天用来纳凉或打蚊子的。烧饭时,整个屋子烟雾缭绕,把白色的墙壁熏成了一片灰黑。怪不得每次见到长水太婆,她的脸上也总是黑乎乎的。

长水太婆经常会到山后老家串门,跟她的老邻居,也就是我的阿婆拉家常。阿婆照看她的小孙子阿车,阿车刚满三岁,顽皮的他整天满院子跑。这天,长水太婆和往常一样来到阿婆家,她手里拿着一个芝麻饼。圆圆的芝麻饼,有碗口那么大,米黄色,面上像长满麻子似的沾满了白色的芝麻。这时,阿车的眼睛紧盯长水太婆的手,头跟着她的手势转动。长水太婆的手刚到裤腰处,说时迟那时快,阿车像只猫看到鱼那样兴奋,蹬腿跃起,一把从长水太婆手中抢得芝麻饼,送到嘴边"吱吱"地啃了起来。

阿婆在一旁责怪着："你这个小孩，真不懂事……"长水太婆笑着说："文员，芝麻饼本来就是送给你小孙子吃的，不要责怪他。"长水太婆瞅着阿车欢喜地笑着，便说道："文员，你的孙子是日出江山一点红，而我们是日落西山一场空……"

大队干部是五保户的"保姆"。凡是五保户的口粮、柴草等全由大队负责。长水太婆的水缸，就由大队干部轮流担水。理均、旺生和仕明是大队的主要干部，他们隔三岔五去她家照看她的日常生活。每当大队分稻谷，大队干部要把黄灿灿的稻谷碾成亮晶晶的米，再把米送到她家里。长水太婆每次看到理均，总会拉着理均的手说："我的儿子建荣、建中跟你年龄相仿，倘若他们还在人世……"说着说着，就哽咽了。理均安慰她："我们村干部就是你的儿子，你就是我们的母亲。"长水太婆会心地笑一笑，说道："像你们这样的好人，好心有好报，长寿活到老。"

1973年春，长乐大队开展集体养蚌育珠。大队指派副业队的崇林和洪林负责管理，我父亲担任技术员。崇林和洪林他们从鸡冠小蚌培育开始，从稚蚌到种蚌，再插种成育珠蚌，就像母鸡孵化小鸡那样，一直到小鸡成为一只下蛋母鸡。几个年头过去，终于在1977年冬，收获珍珠二十八斤，以每斤三百二十元的价格出售给武汉市外贸公司，大队账上一下子多出了八千九百多元。于是干部们商量着，要改善一下群众的文化生活，打算买一台电视机，并派遣仁权和我父亲两人去上海购买电视机。在那个年代，买电视机需托关系，父亲的堂叔月法在上海一家五金机械厂上班，让他找了关系，我们这才购得这台二十一寸日本产的"东芝"彩电。当仁权伯和我父亲抬着一只方方正正的大纸箱回村，村口早已站满了人，像一支喜气洋洋的迎亲队伍，等待着"新娘子"到来。

大队安排我父亲当电视管理员,电视开播的那天,广场上黑压压的一片,前排是坐着的,后排站满了人。长水太婆早就端坐在前排正中位置,原本那把瘸了腿的椅子换成了一把新椅子。听说大队这次给五保户改善了生活条件,长水太婆那口没有烟囱的灶台换成了单眼灶,一张崭新的四仙桌替换那张七洞八孔的八仙桌,配上四把新椅子,墙体像做了美白面膜似的,雪白雪白的。

有一次观看越剧电视剧《祥林嫂》,越剧演员袁雪芬悲情地唱道:"我真傻,真的。""我单知道下雪的时候野兽在山坳里没有食吃,会到村里来……可怜阿毛手上还紧紧地捏着那只小篮呢……"

这时,人群中忽然听到"呜呜"的哭声,接着那哭声压过袁雪芬的唱声,大家寻着哭声,眼光落到一处。只见长水太婆眼里噙着老泪,悲戚地哭道:"祥林嫂命苦啊,可怜阿毛……""我的建荣、建中儿啊……我成了一名孤苦伶仃的人,幸亏我是在新社会,倘若在旧社会,像我这样的孤寡老人也跟祥林嫂一样苦命。"

二

长乐大队副业队的经济效益在姚江区名列前茅,这归功于副业队有位吃苦耐劳的黄牛队长——崇林。副业队不仅种桑养蚕,而且还利用白塔湖水域发展养蚌育珠。

那些年,田埂、山脚和湖岸边都种满了桑树,村里还在马塘湖畔建了十间平房,用作蚕房,我们叫它"十间头"。

20世纪80年代的马塘湖

　　一到初春，一群女人背着箩筐，忙着采摘桑叶。桑树高度刚好到腰间，不用弯腰就能轻松自如地采摘桑叶。等摘满筐后，接着背回"十间头"喂蚕。一层层蚕架，放着一张张蚕箕。鲜嫩的桑叶与白色的蚕宝宝躺在一起，"沙沙沙"的声音响了起来，像是千军万马从远处奔来。这时，蚕宝宝们从左边、从右边、从前段、从后位各个部位啃食着桑叶，像婴儿似的贪婪地吮吸着母乳。蚕食过的桑叶像一张撕破了的纸，只剩下一副"骷髅"。吃饱了的蚕宝宝，睡美人般安然入睡。"老蚕欲作茧，吐丝净娟娟。"

蚕宝宝作茧自缚，尔后化蛹成蝶，它的茧将成为丝，成为遍身罗绮。

看蚕是个通宵达旦的活，而男人们只要一闲下来就往"十间头"跑，瞅一瞅这群"蚕姑娘"，帮着干些杂活。总有这样那样的花边新闻从"十间头"传出来。

到了清明，桑树上挂满桑葚。桑葚起初是白色，慢慢变成粉红色，等到全身染紫，酸甜的桑葚成了孩子们的圣果。一到星期天，我们一大群孩子往桑树林中扎堆，美美地饱餐后，手上、嘴唇、衣服上都是酱紫色的桑葚汁。

隔着村子有两块桑树地，一块叫圩子，另一块叫孙家坞。看护桑树林的是两位老人，一位叫成基，另一位叫阿兴。桑叶是农民的另一种粮食，为了提防邻村偷盗，看管的都是一些"灶头打在脚背上"的人。

成基在"反右"时从上海遣送回老家，因为没有住处，村里就安排他看管桑树林。听邻村的几位同学说，他们非常怕他。他只要一看到有外村人进入他的领地，便手握钩刀，凶神恶煞地骂了过来："阿拉搞特侬（上海方言：我要你的小命）。"吓得周边村子里的人都不敢近前。听说成基早年当过循善小学教员，后来参加金萧支队，跟着何文隆干革命。抗日战争期间脱党去上海投奔他哥，凭他哥上海市参议员的身份谋得个好差事。纪岳还给成基取了一个名字"看草大师"。何谓看草大师？就是成基文化高，社会职务多，在乡村算是一个绅士。绅士去看桑园，岂不是大师级别？

20世纪90年代初，村里大力发展养蚌育珠，把圩子改造成鱼塘，又承包了出去，成基只得另找房子居住。此时，正邦与我父亲商量，把他们四人承包山上的管理房给成基住。之后，我便

与他有了接触。那时，成基已年过八旬，但他的气质跟农村老人就是不一样。白皙的皮肤，花白的短发，戴着一副金丝眼镜，腰板挺挺的。他偶尔会跟我讲起他的那些往事，什么百乐门跳舞……

桑树林还发生过一件与我相关的事。那年，刚开始推广疫苗接种，防疫站要求十二岁以下的儿童必须接种疫苗。关于打防疫针的谣言像雪花般地飘过来。有人说，接种疫苗后会瞎眼、聋耳、断脚残手；又有人说，这是计划生育的"快手"，那些超生的打了就会死。这还了得，我是家中的老三，按他们的说法我是必死无疑。于是我跟着同学们逃出学校，躲进孙家坞桑树林中。那时看管桑树林的是奇东爷爷阿兴，他看到我们时，笑着对奇东说："你是独生子女，不碍事。"奇东没有去理会爷爷的话，跟着"大部队"躲进了桑树林。到了傍晚，老师和家长一起上山，好说歹说，总算把各自的孩子领回家。

崇林队长利用农闲时间，带领副业队成员在毛竹山上砍来毛竹，他自己做起了篾匠，将毛竹加工成一只只网箱，用来培育小蚌。到了初冬，我母亲会带着徒弟们去"十间头"插种珍珠，一直忙到春节前。崇林队长还在池塘边上，搭起一个毛竹棚，看管珍珠蚌。那时候，光是养珍珠的收入，每年可为集体创收超万元。

长乐大队于1981年正月实行家庭联产承包责任制，过了一年，副业队也解散了。

四

外公家周围邻居都是族亲。隔了一条小路，斜对面住着的是堂外公木根，挨着墙，连讲句话都能听到的那家是堂舅旺生。

旺生当过第一生产队队长，生产队在当时是最低级别的基层组织。队长如同生产队这个大家庭的户主一样，负责队里一年的生产计划和农事安排。何时育秧，何时种田，稻田什么时候施肥，先割哪块稻田……保质保量按时完成农业税和公粮任务，传达上级的指示精神，分配队里社员的粮草等生活必需品，还要协调和处理与邻队的纠纷和关系等工作。但碰到生产队的重大事项，则由队委讨论决定。队委由生产队里的队长、副队长、会计、出纳和工分记账员等人员组成。

第一生产队总共有一百零五号人，一百三十五亩水田，社员几乎是清一色的山后自然村农户。其中有一户却是山前自然村的社员，他叫柏年，是我父亲的远房堂兄。"四清"时，工作组撤销了长乐大队十一生产队，柏年才从十一生产队"嫁"到一队，带来的"嫁妆"是朱家四亩的三亩五分田。

春分刚过，一年的农耕生产也就开始了。

旺生通知队委召开队会。队委成员中要数仁建年纪最大，资格最老，犁耙粗秒样样农活都得心应手。他耐不住性子，第一个站起来说道："秧田由我来做，秧田好坏关系到我们一队半年的收成。"听了他的一番话，大家都表示赞同。接着你一句我一句讨论开其他事项，最后确定了早稻播种面积、早稻品种、秧管员补贴等事项。

1979年3月23日，又召集全体劳力开会。队委仁才宣布队委会的决议，当年早稻插种面积120亩，由仁建负责秧田。又讨论决定派遣一飞、才忠、汉良、益校四人参加副业队劳动。这次大队向生产队要四个劳力，付给每个劳力每月工资二十二元，工

资由生产队结算。

我们这里有句农谚："吃了清明饭，晴天落雨要出畈。"秧管员仁建早早地从仓库保管员那里领出种子，趁天气好翻晒一遍，称为"晒潮头"。用温水给种子泡了一个热水澡，所谓头烫、二烫、三烫……过了一个星期，谷子前端钻出乳白色的嫩芽，这时，就可以安排出田了。

生产队日记

谷子出秧田，这是一门技术活，要求"泥不见天，谷不重叠"。为了管理方便，秧田通常设在村口灌溉方便的农田里。过了谷雨时节，那白色的嫩芽长成嫩绿色的禾苗，成片的禾苗像一张张绿地毯，整整齐齐铺在秧田中。

立夏，天还未亮，大队的高音喇叭居高临下地奏响了喜乐，农户家里的广播也跟着一起前呼后应，把劳累了一天正在熟睡中的社员们吵醒。

一会儿，太阳公公红着脸从天子山上探出了头，满脸笑容地瞧着大家。这时，荷锄实担的劳力们已在田间集合，一尺宽的田塍上站满了人。一队的劳力在长乐大队十一个生产队当中算是强大，光是十工分劳力就有二十多人，老人和妇女们加起来有

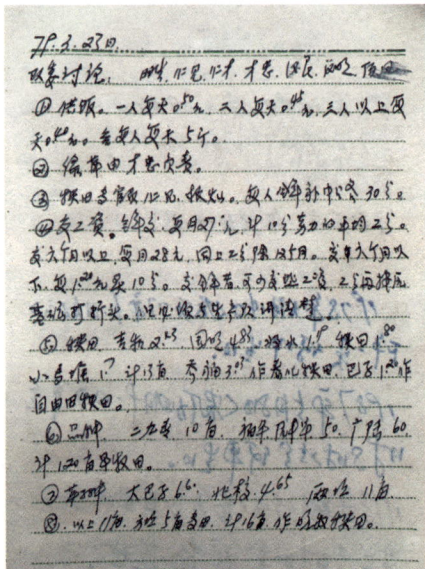

四十多人，他们评折只有六个半工分，而像吉羊和伟挺这般年纪的童子军只能算到四个半工分。男人的腰力不及女的，安排男的拔秧，女的种田。娘子军会向旺生队长提出抗议："我们整天弯腰种田只有六个半工分，男劳力像只鸡娘孵在秧田里，却有十工分，这不公平。"旺生和队委们在田头商议，觉得有道理，之后种田、拔秧不论男女统统是十工分。

拔秧、种田最恼人的是蚂蟥，褐色的蚂蟥匍匐在禾苗中，稍不留神就会游到你的脚边，顺着你的小腿往上爬，找到一处，死死地叮咬着，吸你的血液。干活要赶进度，哪有那么多时间停下来去捉叮在腿脚上的蚂蟥。而且蚂蟥叮你时，根本不痛也不痒。

劳力们中午回家简单地吃了点饭食，又回到田头开始劳动。等到太阳走到七里山顶上，太阳收回了万丈光芒，黑暗也就趁虚而入。劳力们这才放下手中的活，三三两两走到河边。清澈见底的湖水像一面镜子，昏暗的天空、泛绿的杨柳尽在这面镜子里。照一下满脸污垢的自己，掬起一捧水，一个劲地往脸上甩，擦洗完腿上的、手上的泥巴和汗渍，起身回家，一天的劳作结束了。

"手拈秧苗一百天割稻。"这句农谚的意思是早稻插种一百天后就可以收割。早稻分早熟、中熟和晚熟，通常在7月5日左右开镰。农历六月夏天火辣辣的天气，要完成早稻收割与晚稻插种，这是一场硬仗，又称"双抢"。头顶烈日，知了在树上热得大喊大叫，石板路被烈日晒得火热火热，田里的泥鳅在打滚。一番艰辛的劳作后，队长通知大家停下来歇息。劳力们有的躲在树荫下纳凉，有的一头扎进湖水里解暑，有的咕咚咕咚猛喝凉水

止渴，那才叫舒服呢。"双抢"结束，劳力们像是去非洲做了回苦力，又黑又瘦。接下来还要对付"秋老虎"，晚稻后期田间管理，耘田、施肥、除虫、拔草等农事。一直忙到霜降，收割完晚稻，晒谷入库，完成公粮和农业税任务。

农闲时，社员们划船去白塔湖里挖河蚌，再卖给生产队。冬至前后，旺生队长请来种蚌师傅，那时整个湖区只有木根外婆和我母亲会插种珍珠，她俩关起门来，在二十五瓦的白炽灯下，给河蚌动起了手术。

年底，生产队会计按劳动工分和人口比例进行计酬考核。一队的粮食总产量为156243斤，每人可分粮食863斤；总收入21062.26元，总工分111531分，每10工分为1.41元，每人可分红155元。

一队的各项工作都领先于其他小队，旺生由于工作出色，被当时大队党支部书记理均看中，视为苗子培养。后来旺生当上了长乐村的村长，再后来当上了村党支部书记。

五

1978年11月24日晚上，安徽凤阳县小岗村十八位农民签下"生死状"，将村内土地分开承包，开创了家庭联产承包责任制的先河。当年，小岗村粮食获得大丰收。

小岗村分田到户的这股风飞过了淮河，飞过了长江，飞过了钱塘江，在诸暨北部的一个湖畈小村停了下来。这股风吹响了长乐大队分田到户的号角，长乐大队也由此成为诸暨最早分田到户的村庄。

老房子

　　1980年春节，与往年一样，惕然一家到大舅子乃煦家拜年。乃煦和惕然在村里算得上是顶尖的文化人，乃煦早年就读于浙江化工专科学校，1961年支农下乡，回到了老家。当时我父亲是村里的团支部书记，就动员乃煦去夜校当老师。这回拜年，惕然带来了一份特殊的礼物。他从兜里掏出一张崭新的报纸，走到乃煦身边开口说道："阿哥，看来要翻天覆地改革了，这是一篇分田到户的报道。"乃煦接过这份报纸，用手托了一下鼻梁上的眼镜架，低下头来细看报纸，透过那层三毫米厚的镜片，一个个宋体字从眼睛反射到他的大脑。乃煦看完后，沉思了片刻，平时一本正经的他脸上露出了笑容，跟正在厨房里忙碌的老婆说："凤春，我们辛辛苦苦一年到头，只能勉勉强强填饱肚子。现在可以分田到户了，我们的好日子终于有盼头了。"

　　乃煦是第八生产队的社员，八队的农田大多在白塔湖低涝区，都是低产田，早稻亩产量不足二百斤，晚稻亩产量也不会超过六百斤。乃煦一家五口，光靠乃煦夫妻两挣工分，年年都是生产队里的倒支户。而十一队的惕然，他们队里都是一帮血气方刚的年轻人，各有各的思维，难以拧成一股绳。

　　过完春节，惕然所在的十一生产队着手开始分组。德兴是组长，他召集生产队全体社员开会。会上惕然开始读安徽小岗村分田到户的报道，每字每句敲打着每位社员的心。明亮的灯光照着一张张憔悴不堪的脸，大家鸦雀无声地聆听着。德兴组长提出把生产队分成两个操作组，听听大家的意见。社员们一个个激动地站起来说道："我同意。"

　　乃煦刚从无锡收蚌回来，他一到家就召集八队社员分组，接着其他生产队也完成分组，全大队只剩下九队还在观望。九队的冠平跟乃煦住一个台门。这天早稻刚收割完，乃煦挑着满满的两担稻谷往家里走。冠平见状，冷言嘲讽道："分田，分田，吃了五谷想六谷，看你们如何收场！"坐在门口的冠平父亲瞪眼看

长乐村旧貌

着冠平说:"我年年这个时候看乃煦挑谷担,以往只有一担,今年有两担,多了一担。冠平你甮说了,事实就在眼前。"

1981年,长乐大队完成十一个生产队的分田到户工作。由此解放了生产力,许多农户腾出精力来养蚌育珠,走上了致富道路。

时任诸暨县县长的董士元就分田到户特地到长乐大队调研,实地了解情况。听说县长要来,大家都提心吊胆着。田都分了,会不会收回去? 带头分田的社员会不会被处理? 社员们忐忑不安起来。

董县长到了长乐大队,语重心长地告诉社员们:"请大家放心,这次调研是来了解分田情况,看看此举会不会引发社会矛盾……看到如此平稳,我们放心了。"听了董县长的话后,社员们悬挂着的心这才放下。大队支部书记理均把分田情况一一做了汇报,长乐大队不仅分了田,而且把生产队里的仓库、农具、耕牛等资产都彻底分完或出售。

董县长听到出售耕牛,打断了大队书记的话,惊奇地问道:

"牛怎么可以买卖？"大队支部书记理均明白董县长的意思，连忙解释道："牛主卖牛不是去杀戮，而是用来耕田犁地的。"董县长连连点头表示赞许。

董县长表扬了长乐大队的分田到户工作，给全县带一个好头，并鼓励大家因地制宜发展养蚌育珠，增加收入。

新长乐村

六

　　分田到户后,我家六口人分得大塘头六亩八分水田,划船过去不过十来分钟时间。田和湖只隔了一条田塍,灌溉非常方便。那时,我外公年事已高,我母亲也从种蚌改行去广州销售珍珠。

那年,我刚入学,农忙时,会去田里捧稻把,端茶送点心,去晒场扫地敞袋口,做一些轻便的农活。亲戚们会相互帮衬,实在忙不过来时,父亲会叫上其张和孙德打短工。而我最向往的事情就是跟着父亲去斗门粮站交公粮。

那是8月初的光景,天气晴好,父亲提前安排好船只,次日凌晨要去斗门粮站交公粮。那时乡间道路都是坑坑洼洼的泥石路,运输工具只有拖拉机,这台铁牛冒着黑烟发出"嗒嗒嗒"的吼声,翻滚着四个轮子在乡间横行。我们村四面环湖,为给农户图方便,就划分到白塔湖边上的斗门粮站交公粮。

船埠头离家门口不到五十米。一条水泥船泊在岸边,船尾躺着一支船橹,它静静地等了一个晚上,翘首期待着艄公。凌晨4点多,父亲他们就开始往船舱搬运粮食。有的抬,有的挑,两千多斤早谷堆满了船舱。父亲说:"今年年景好,这些早稻谷足足晒了三个太阳,谷粒饱满,没有瘪谷子,这次卖粮肯定没有问题。"六月晒谷,老天爷说变就变,大人们忙在田头,小孩们守候晒谷场,不时地抬头观天,看看黑云将军会不会带着千军万马朝这边杀来。下午4点过后,父母亲从田间回到谷场,我们三兄弟就帮父母亲收谷子。我光着脚,那尖尖的谷穗扎进我的小脚丫,感觉是被针扎了似的,隐隐作痛;全身沾满了稻谷灰,稻谷灰和身上的汗水一起渗进毛孔,像被蚊子叮咬那样,又痒又痛。我双手不停地擦汗,但我仍然坚持着,因为明天要去卖粮。

船驶出埠头,天上的星星眨着眼睛看着我们,月光晒在宁静的湖面上,随着船的前行,泛起道道银波。一推一扳,父亲划着这只笨重的水泥船,"吱嘎、吱嘎"的划橹声打破了水乡的宁静,远处传来鸡啼声,伴随着狗叫声,还有一早去劳作的人们的脚步声，谱写了乡间的晨曲。我竖起耳朵听着大人们讲话，而心里早已惦记那份早餐。船行驶到七里村，漆黑的天空拉开一个口子，露出了一道光明，口子越拉越大，黑暗褪去，光明占领了整个天空。前面是七中大桥，穿过桥孔，传来"噼噼啪啪"的棒槌声，一群妇女在岸边一边洗衣，一边聊着家常。船缓缓前行，身边的场景不停变幻。快到斗门了，还得过一个山洞。船一进山洞，眼前漆黑一片，一股浸人肌骨的阴凉从洞口袭来，我仿佛到了另外一个世界。借着微光，可以看到洞壁凹凸不平，露出尖尖的石痕。听大人们讲，山洞是人工开挖出来的，是整个白塔湖电排出水口。我担心着，山洞会不会塌下来啊，快点划吧。不知不觉间，船很快就驶出了山洞。

过了山洞，一会儿就到了斗门粮站，来卖谷的人早就排起了长队，我们的船只好停在粮仓对面的船埠头。船舱里的粮食又要搬进粮站的粮仓里，父亲他们又一次七扛八抬把粮食搬进粮仓。过了好长时间，来了一位粮管员。他拿着根取谷器，在我们的谷袋上抽出谷子，往手上一倒，一看，一咬，便问："你这几袋谷子是……？""是缴农业税的，剩下的卖给粮站。"父亲急忙回答道。"要是都像你的这种谷子就好了。"检验员夸奖我们，并随手写了一张单子，叫我们去过秤。过磅后，办事人员让我们把过磅单交到财务室。

交了粮，收了钱，大半年的辛苦换来了这份收获。父亲就带我们去斗门供销社旁边的饭店吃早餐。馄饨、馒头、面条、油条，热气腾腾，香味扑鼻，我美美地饱餐了一顿。

而每年卖粮，我等待的就是这顿早餐。

山下湖老桥

　　我母亲和木根外婆是当地最早掌握珍珠插种技术的两个女能人。

　　珍珠插种在当时是一个香饽饽。在我母亲的十年种蚌生涯中，她几乎走遍了湖区一带所有的村子，广山大队、尚山大队、山下湖大队、湖心大队、朱家站大队……都留下了我母亲月娜师傅的足迹。

　　1980年，我母亲带班到山下湖大队詹桥水家种蚌。桥水是名退伍军人，又是名党员，夫妻俩特别好客。桥水的老婆名叫爱意，大大咧咧的，跟我母亲一样的性格。他们家招待种蚌师傅，简直就像办喜酒，有鱼有肉，满满的一大桌。棕黑色的酒坛子就放在饭桌旁，墙上挂着酒节、酒斗，师傅们可以自己舀酒。不仅两餐有酒，连点心都有酒。他们好像知道我母亲就好这一口，我母亲也因此会给他们家多插种半个钟头。

　　那个年代喝的都是黄酒。在一次晚饭中，爱意早就把酒倒满了酒碗，酒碗拿起，喝着喝着，话就多了。

　　爱意说："我们家桥水属牛，要找一个属鸡的男孩子来认他做干爹。"

　　长美嘟了一口酒，咂了一下嘴："我养了4个，三女一男，没有一个属鸡的。要不，我再生一个属鸡的？"

　　冠英哈哈大笑："长美你生再多也是生女儿。月娜，你家延安不是属鸡的吗？"

　　"1969年的鸡，大了一点，配不上。"我母亲应了一句。

　　爱意一听有属鸡的男孩，就高兴地说："我今年30岁，生得出来。"

　　在众人的撮合下，我大哥延安认了桥水和爱意为干爹干娘。

　　两家结成亲家，来往自然密切。分田到户后，我们家人口多田多，每年的春播秋收，干爹干娘会第一时间来我们家帮忙。那时候，父母经常带着我去干爹家吃饭。

　　记得是在1992年，我父母第二次跑广东卖珍珠时，还向干爹他们借了一万多元钱，用于做生意的本钱。干爹干妈把仅有的积蓄全都拿出来了。母亲在广东海丰出事后，父亲也生病住院。那时父亲再三叮嘱我，如果有珠款到，要立即归还给干爹。后来有一笔珠款汇到，我把这一万多元钱第一时间送到干爹那里。

　　干爹住枫桥江北岸，在他家不远处有一座铁索桥，这座桥我记忆最深。

　　从干爹那里得知，这座铁索桥大概建于20世纪70年代。记得我第一次过桥，因为年纪尚小，是干爹背我过去的。他过桥时，八字形的脚步稳稳地落在桥板上，只听见"哒、哒、哒"的脚步声，一转眼就到了桥头。干爹过桥时那种脚步的沉稳和动作的熟练，虽然时过境迁，但我依然清晰地记得。

　　稍微长大一点，我就想进城去开开眼界。我记得那次是父亲骑着自行车，带着我去了干爹家。父亲把自行车寄放在干爹家里，然后我们父子步行去汽车站。桥的南边有一个汽车站，有

一条通往城里的沙石公路，这条公路因为枫桥江的阻隔而变成了断头公路。

毕竟是有生以来第一次走铁索桥，原本胆子不大的我，心里对过桥充满着害怕。到了桥头，我两眼直愣愣地望着，只见铁索桥像一条黑色的飘带，横跨在江面上，足足有一百多米长。两根有我的手臂那么粗的铁索，从桥头拉到桥尾，牵引着整个桥体。桥面上铺的是木制桥板，每块桥板不到2米长，仅有手掌心那么宽。而经过多年风吹雨打，棕黄色的木板已经发黑，并开始腐烂。透过那蛀空了的桥板，可以看到底下枫桥江的滚滚流水。桥的两边空荡荡的，没有栏杆防护。令人毛骨悚然。过这座桥是要有一股勇气的，难怪许多人会望而却步。

那天过桥时，父亲走在前面，我跟在后面。当我一踏上桥板，桥就开始微微晃动。我努力使两脚保持与双肩齐宽的样子，控制好重心，把握好位置。我小心翼翼地站在桥上，脚底板几乎是贴着桥板在平移，就这样一步一步地缓慢前移。越往前，桥体晃动得越厉害了，我根本不敢抬头。两眼斜视下方，只见水流湍急，黄色的江水夹带着浮萍飞快地向下游奔去，那浮萍一眨眼就消失在眼球中。此刻的我心急如焚，难道此桥要成为我的"奈何桥"不成？这样一想，双腿就开始发软，我简直就要瘫倒在桥上，真的想爬着过去。

稍作停息，略微抬头，见那些骑自行车的过往行人，竟那么悠游自在。他们从我身边呼啸而过，车轮与桥板摩擦，发出"咔咔"的声音，使得桥体晃动如同荡秋千，似乎要把我整个人都荡出桥外。我只好站在原地，纹丝不动，任心跳"怦怦"加速。过了一会儿，我闭了闭眼睛，沉了沉气，再深深地吸了一口气，才

山下湖老桥

鼓足勇气，一脚一脚继续往前挪。稍有情况，脚步又立马停了下来，心里喊着：要小心，要小心。

眼看就要到达桥头，还剩几步之遥。此刻，我腾空而起，飞身跳跃，两脚稳稳地落在岸上。过了好久，我那颗颤抖的心才渐渐平静下来。

这一次过铁索桥，是我人生中感受最深刻的一次远行。

我父亲早就在桥头等我了。见我脸色紧张，笑了笑对我说："胆子要大点！"

后来，听我父亲说，桥上发生过意外。那是1986年的寒冬，一位外乡人，受上级委派，来山下湖采拍身份证照。也许是天气恶劣的原因，桥面湿滑，他过桥时不慎落水遇难。一个鲜活的生

命就这样消失，村民们扼腕痛惜。

　　1987年，诸暨县委县政府拨款建桥，山下湖当地老百姓也纷纷捐款。山下湖桥头有一座亭子，亭子里面有一块石碑，碑文背面密密麻麻地镌刻着捐款人的名字，其中就有我父亲何柏荣的名字。父亲捐了一百元。捐一百元以上的，都上了功德碑。

山下湖镇新貌

其实，那年我母亲滞留广州，十七万元的珠款拿不到，这边的珠农又吵着向我们要珠款，连我读书的学费还是我外公卖猪换来的钱。我想，如果那年我们家不出事，按照父亲的个性，他至少也得捐一千元吧。

1989年的国庆节，山下湖大桥通车。

珍珠有泪

1995年3月13日,这一天是我父亲去世的日子。失去了父亲,我们家失去了主心骨。从那时开始,我真正走向社会。

父亲去世后的第二年,一个偶然的机会,我去药店买药,见到了一盒名叫"珍菊降压片"的药。拿到手上细看,我这才明白,原来珍珠不仅能制作珍珠项链、珍珠粉,而且还可以入药。于是我跑了一些中药厂,去推销药用珍珠和珍珠母。

记得在1988年,我们家与别人合伙开办了珍珠粉厂,十三岁的我成了家里的"童工"。我把珍珠粉装进陶瓷坛里,球磨机"哗啦啦、哗啦啦"地磨了五天五夜,细微的珍珠粉就像洁白的奶油,从坛里溢出来。从那以后,我知道了珍珠不仅能做首饰,而且还能磨成珍珠粉。珍珠粉功效显著,具有安神定惊、明目去翳、解毒生肌、润肤祛斑等功效。

那些年,我常与驾驶员一起去送货,我还充当了装卸工的角色。有一次,我和海明去上海一家中药厂送货。天刚黑就出发,车子一路颠簸,开了好几个小时才到了曹安路边的一家中药厂。当时已是深夜,驾驶员将车子停靠在传达室边上,我们三人坐在车里不敢吱声,生怕惊动门卫,任凭虫子"叽叽喳喳"发出奏乐般的齐鸣。若是把门卫吵醒,怕是连门口停车的机会都没有了。

上午8点,一阵清脆的铃声划破了郊区沉寂的清晨,原本冷清的工厂像变魔术似的，一下子活跃了，到处可见忙碌的身影。我跑到二楼去找采购员，采购员又叫来质检员，我们3人一起走到货车旁。海明见我们走来，急忙从车上卸下一袋珍珠母，解开袋口。质检员伸手抓起几个，翻来覆去仔细端详，嘴里吐出一句我们尚能听懂的上海话："侬个货色伐干净，阿拉伐好用，捞回期。"

话音刚落，我头上直冒汗珠，这可怎么办？我一紧张，结结巴巴地恳求道："阿姨，这批货是按照上次的样品生产的，你看我们大老远送货过来，在这里等了一个晚上，这次你就帮帮忙吧。"

我说过这话后，大家沉默了一会儿。采购员帮我打了一个圆场，说："我们回去商量一下吧。"说完，两人就往办公室走去。

我站在车边，像一名站岗的哨兵纹丝不动，眼巴巴地望着办公室方向，心里却急得像久旱盼甘霖的农民。

驾驶员在一旁发起了牢骚："怎么还不卸货，我都约好下午的生意了。"

我好语相劝："不要急，应该快了。"

不一会儿，采购员面带微笑朝我们这边走来，看样子有戏。他走到我跟前，撂下一句话："这次就帮你们收购了，但我们要重新清洗，这十吨货要扣五百元的清洗费。"

我心里在盘算，如果拉回去，光是运费和装卸费就要超过二千元，这样肯定不划算。但我还是表现一副万般无奈的样子，告诉采购员说："那只能这样了。"

驾驶员一听这话，像猴子一样敏捷地爬上车子，双手拿起一袋珍珠母就往下递，我双手举到头顶接应。就这样，我和海明你一袋我一袋在下面接货，然后整整齐齐地将它们安放在库房里。

大热天，我们穿的是短袖，在汗水的作用下，那短袖如胶水般紧紧贴着皮肤。

珍珠母锋利的边角，戳开平整而洁白的编织袋，像刀片一样划着我们的手臂。很快，我们的手臂上布满了一道道血痕。

一个多小时的光景，二百五十袋的珍珠母终于卸完。仓库清点好数量，开了一份收据给我，我终于完成了此次送货。

每一次送货回来，我都累得像骨头散了架似的，两只耳朵发出雷鸣般的"轰轰"声，我便总会在沙发上来一个"葛优躺"。

我想，我的原料生意靠的是薄利多销，山下湖已经形成一个巨大的珍珠产业链，珍珠饰品、珍珠粉生意火爆，我对珍珠粉生产略懂，何不办个珍珠粉厂？

听说江苏吴江那边有专业的净化工程施工队，托朋友介绍，找来一位姓宋的师傅。宋师傅看上去三十挂零，人长得清瘦，像一根去了枝叶的竹竿，头上的发海如盘丝，一卷一卷的。

宋师傅像一个作战参谋，绘制了一张图纸，暂存间、粉碎间等大大小小二十多个功能车间星罗棋布地排列在图纸上。

一切准备就绪，就按部就班地开始申报。自己从小就从事这个行业，毕竟有点基础，所以很顺利地拿到珍珠粉生产的批文。

山下湖有珍珠市场，市场内有几千家商户，还有上千名经常跑外联的从业者。我的珍珠粉很快在珍珠市场扎了根。经过几年的悉心培育，花香引得蝶自来，我的珍珠粉品牌慢慢就在市场上有了名气，还被评为诸暨市名特优农产品。

那年头赶会是常事，而每次参加展销会，都能听到客户同样的建议：光是珍珠粉太单一，难以形成规模，要研发珍珠系列化妆品。

这样的话听得多了，我的思想像钟摆那样开始摇动起来。

这时，我的妻子劝我："原料和珍珠粉两个产品已够你忙了，做化妆品你也不懂，还是不要考虑了。"

也许是我有天生的韧劲，我说服了家人，开始演绎人生的第三场大戏。

2012年，我在山下湖工业区买了土地，打算办一家化妆品厂。办化妆品厂我真是棒槌吹火——一窍不通。一个人坐在办公室里，像只无头苍蝇。仰头看了看萧白先生给我题的词："尚未出土已有节，从少到老都虚心。"我突然想明白了，答案就在这句题词里：不懂，那就多问问这方面的专家。

之前办珍珠粉厂，不是有几位专家来审查过吗？于是，我打开抽屉，瞪大眼睛，寻找细读老师的名片。

赵老师，看到她的名片，我悬着的心一下子落了下来。我马上拨通了赵老师的手机号码，把我目前的情况向她流水账般地细细叙述了一遍。末了，我邀请她来我的企业指导工作。

赵老师此时的身份是浙江省日用化工行业协会的秘书长，她说："扶持企业发展就是协会的宗旨。"

2015年，我终于拿到了化妆品生产许可证。珍珠护手霜、珍珠面膜、珍珠霜、珍珠爽肤水……一款款珍珠化妆品应运而生。

我实施线上线下同步销售的营销方式，在第六代珍珠市场——诸暨华东国际珠宝城，设立了一个门市部，做起了线下批发零售。又在线上开了一家化妆品天猫旗舰店，紧跟时代步伐，玩起了网络直播。

这一路走来，我深深感到创业的艰辛。就像河蚌育珠，其母体承受了极大的痛苦，经历了岁月的洗礼，才孕育出一颗异常美

丽的珍珠。

　　一次次的失败，让我明白了为什么失败是成功之母，因为所有的成功都来之不易。而办企业尤其如此。

　　如同我父亲的养蚌育珠，如同我母亲的珍珠销售，他们并没有现成的路可以走，更没有固定的模式可以参考。他们凭着一股子闯劲和韧劲，披荆斩棘，勇往直前，在"山穷水尽"的困境里，硬是探索出了一条"柳暗花明"的康庄大道。

山下湖珍珠小镇

　　山下湖珍珠产业从无到有，从小到大，现在已成为世界"珍珠之都"。这一切，应归功于所有"珍珠人"的创业、创造、创新。

　　什么叫创？创就是人无我有，创就是人有我优，创就是人优我转，创就是人转我变。这是山下湖另一颗闪闪发光的"珍珠"。这是无价之宝，是我生命里最有价值的收获！

　　想到这里，我的双眸盈满了喜悦的泪花……

特别鸣谢：余灵君　郭　南